COURAGE

Danielle Steel

COURAGE

Traduction de Marie-Pierre Malfait

Roman

PRESSES
DE LA CITÉ

Titre original : *Leap of Faith*

© Danielle Steel, 2001
© Presses de la Cité, 2003, pour la traduction française
ISBN 2-258-05737-X

Pour tous les actes que j'ai osés, et pour ceux qui m'ont encouragée ; pour mes enfants, mes raisons de vivre, Beatie, Nick, Sammie, Victoria, Vanessa, Maxx, Zara, Trevor et Todd.

Avec tout mon amour,

d.s.

1

Couchée dans l'herbe au pied d'un chêne séculaire, Marie-Ange Hawkins contemplait les nuages cotonneux qui défilaient dans le ciel de cette belle matinée du mois d'août. Le chant mélodieux des oiseaux la berçait agréablement. Elle aimait paresser là, attentive au bourdonnement des abeilles, humant avec délice le parfum des fleurs, se levant de temps en temps pour aller cueillir une pomme au verger. Marie-Ange vivait dans un cocon paisible, entourée d'amour et de tendresse. Ce qu'elle aimait par-dessus tout, c'était gambader dans la campagne verdoyante quand l'été arrivait. Marie-Ange avait onze ans et elle n'avait jamais quitté le château de Marmouton ; telle une biche gracile, elle parcourait les bois et les collines de la propriété et pataugeait sans crainte dans le petit ruisseau qui traversait les terres. Des vaches et des chevaux paissaient dans les prés environnants. Il y avait aussi une vieille ferme, en bas du domaine, avec une vraie basse-cour. Les agriculteurs la recevaient toujours avec plaisir. C'était une enfant gaie et rieuse qui courait pieds nus entre les pommiers et les pêchers.

— Tu ressembles à une petite bohémienne ! la rabrouait parfois sa mère, un sourire attendri aux lèvres.

Françoise Hawkins adorait ses deux enfants. Son fils Robert était né peu après la guerre, onze mois après son mariage avec John Hawkins. C'est à cette époque que ce dernier s'était lancé dans la viticulture. Il ne lui avait fallu que cinq ans pour faire fortune. Ils avaient acheté le château de Marmouton à la naissance de Marie-Ange, qui avait grandi dans ce cadre bucolique. Après avoir fréquenté l'école primaire du village, elle s'apprêtait à entrer au collège. Quant à Robert, il quitterait Marmouton dans un mois pour entrer à la Sorbonne où il étudierait les sciences économiques. Une fois son diplôme en poche, il intégrerait l'entreprise paternelle. John Hawkins était lui-même surpris par la réussite et la croissance fulgurantes de son entreprise. Françoise, son épouse, lui vouait depuis toujours une profonde admiration. Leur histoire d'amour était digne des plus beaux contes de fées.

Soldat américain, John avait été parachuté sur le territoire français peu de temps avant la fin de la guerre. Il s'était cassé une jambe en tombant sur un arbre, à côté de la petite ferme des parents de Françoise. Ce soir-là, elle s'y trouvait seule avec sa mère ; membre de la Résistance, son père était parti à une des réunions secrètes auxquelles il assistait presque tous les soirs. La mère et la fille s'étaient empressées de cacher l'Américain dans le grenier. Du haut de ses seize ans, Françoise avait vite succombé au charme de John, beau gaillard originaire de l'ouest des Etats-Unis. Lui aussi vivait dans une ferme ; il n'avait que quatre ans de plus qu'elle. La mère de Françoise avait surveillé de près les deux jeunes gens, craignant que sa fille ne commît une bêtise au nom de l'amour. Mais John n'avait jamais manqué de respect à cette jeune fille dont il était tombé éperdument amoureux. Au fil de leurs conversations chuchotées dans la nuit noire du grenier, elle lui avait appris le français et lui l'anglais. Ils n'osaient pas allumer de bougie, de crainte que les Allemands ne repèrent la lumière. Le jour de son départ, quatre mois après son arrivée, Françoise avait eu le cœur brisé. Grâce aux relations de son père et de ses amis résistants, John avait enfin rejoint ses compatriotes pour participer à la libération de Paris. Avant de partir, il avait promis à la jeune fille qu'il reviendrait la chercher.

Hélas, les parents de Françoise moururent quelques jours avant la Libération et elle fut envoyée chez des cousins, à Paris. Comment joindre John ? Son adresse s'était égarée dans le chaos et Françoise ignorait qu'il se trouvait aussi à Paris. Longtemps après, ils découvrirent que deux ou trois kilomètres à peine les séparaient à l'époque ; la jeune fille habitait derrière le boulevard Saint-Germain et John était basé dans le même quartier.

Il regagna les Etats-Unis, son Iowa natal, sans avoir eu l'occasion de la revoir. Sa famille traversait alors une période difficile. Son père avait été tué au combat, à Guam, et il dut reprendre l'exploitation familiale avec sa mère, ses sœurs et ses frères. Dès son retour, il écrivit à Françoise mais ses lettres restèrent sans réponse. Pour cause : Françoise ne les reçut jamais. Il mit deux ans avant d'économiser assez d'argent pour pouvoir retourner en France dans l'espoir de retrouver celle qui hantait son cœur et ses pensées. A son grand désarroi, la ferme des parents de Françoise avait été vendue. Les voisins lui expliquèrent que la jeune fille avait été envoyée à Paris après le décès de ses parents.

Sans se décourager, John regagna Paris où il mit tout en œuvre pour retrouver sa trace, interrogeant tour à tour les services de police, la Croix-Rouge, l'administration de la Sorbonne et toutes les écoles qu'il croisa sur sa route. La veille de son départ, alors qu'il prenait un café à la terrasse d'un petit bistrot de la rive gauche, Françoise se matérialisa comme par enchantement sous ses yeux stupéfaits. Tête baissée pour se protéger de la pluie, elle avançait lentement sur le trottoir. Il l'examina plus attentivement, se croyant victime d'une hallucination, puis il s'élança à sa poursuite — peut-être était-ce sa dernière chance... La passante leva les yeux sur lui. Aussitôt, elle fondit en larmes et se jeta à son cou. C'était bien elle. Françoise !

Ils passèrent la nuit chez les cousins de la jeune fille. Le lendemain matin, John rentra aux Etats-Unis. Ils correspondirent pendant toute une année au terme de laquelle John revint à Paris, bien décidé à y rester, cette fois. Françoise avait alors dix-neuf ans et John vingt-trois. Deux semaines plus tard, les deux jeunes gens étaient mariés. Ils ne se quittèrent plus pendant les dix-neuf années qui suivirent. Après la naissance de Robert, ils décidèrent de s'installer en province. John se sentait chez lui, en France ; il avait l'impression d'être né dans ce pays. C'était leur destin à tous les deux, disaient-ils en échangeant un sourire complice à chaque fois qu'ils racontaient leur belle histoire. Marie-Ange, qui la connaissait par cœur, s'émerveillait toujours des exclamations ravies des amis qui l'entendaient pour la première fois. C'était tellement romantique !

Marie-Ange ne connaissait pas la famille de son père. Les parents de celui-ci ainsi que ses frères étaient décédés avant qu'elle vienne au monde et ses deux sœurs étaient mortes un peu plus tard, à quelques années d'intervalle. Il ne lui restait plus qu'une tante du côté paternel, mais il ne semblait pas la porter dans son cœur. Aucun membre de sa famille n'était venu lui rendre visite depuis son installation en France. Apparemment, tous avaient condamné son mariage avec la jeune Française dont il s'était entiché pendant la guerre. Du côté de Françoise, ses cousins avaient péri dans un accident alors que Marie-Ange avait trois ans. Fille unique, sa mère n'avait aucun autre parent vivant. La famille de Marie-Ange se composait donc de son frère Robert, de ses parents et d'une grand-tante installée quelque part en Iowa et que son père détestait franchement. Il lui avait confié un jour que c'était une femme méchante et bornée qu'il préférait oublier. Cette cellule familiale réduite convenait parfaitement à Marie-Ange, qui vivait heureuse parmi les siens. Tous la considéraient comme une bénédiction du ciel, un immense bonheur. Son prénom, Marie-Ange, n'en disait-il pas plus long que toutes les belles paroles ? Un ange, voici ce qu'elle était pour ses parents et son frère Robert qui aimait tant la taquiner.

Comme il allait lui manquer quand il serait parti ! Heureusement, sa mère lui avait déjà promis de l'emmener souvent à Paris pour lui rendre visite. John avait toujours des affaires à régler là-bas et il y passait régulièrement deux ou trois jours en compagnie de son épouse. En principe, ils laissaient Marie-Ange aux bons soins de Sophie, la vieille gouvernante qui travaillait pour eux depuis la naissance de Robert. Elle s'était installée au château en même temps qu'eux et vivait dans une maisonnette, ancienne dépendance de la propriété. Marie-Ange adorait lui rendre visite ; attablée dans la cuisine, elle buvait une tasse de thé en savourant les sablés que Sophie préparait spécialement pour elle.

C'était une vie de rêve pour une enfant. Libre comme l'air, elle était aimée, choyée et protégée, telle une petite princesse dans un château de conte de fées. C'était ainsi que l'appelait son père — « ma petite princesse » — quand sa mère l'habillait avec les jolies robes qu'elle rapportait de Paris. Et quand elle gambadait dans les prés pieds nus, grimpait aux arbres et rentrait dans une robe à smocks déchirée, il la traitait gentiment de pauvre petite orpheline.

— Alors, pitchounette, quelle bêtise prépares-tu, aujourd'hui ? la taquina son frère en venant la chercher pour le déjeuner.

14

Sophie ayant passé l'âge de courir après elle, la plupart du temps c'est Robert qui partait à sa recherche. Il connaissait tous ses refuges, toutes ses cachettes préférées.

— Je ne prépare rien du tout, répondit-elle en le gratifiant d'un sourire candide.

Sa frimousse était barbouillée de jus de pêche et ses poches étaient pleines de noyaux. Comme leur père, Robert était un beau garçon blond et élancé. Marie-Ange leur ressemblait aussi, avec ses boucles dorées, ses grands yeux bleus et son visage d'angelot. Leur mère, Françoise, était une belle brune aux yeux chocolat et John disait souvent qu'il aurait aimé un autre enfant qui ressemblât à sa ravissante épouse. Si elle ne lui ressemblait pas physiquement, Marie-Ange avait hérité de sa mère sa nature espiègle et rieuse.

— Maman m'envoie te chercher pour le déjeuner, fit Robert en l'entraînant à sa suite comme un berger rabat une brebis égarée.

Il refusait de l'admettre mais, au fond de lui, il savait que sa jeune sœur lui manquerait terriblement quand il serait à Paris. Depuis qu'elle savait marcher, Marie-Ange le suivait comme son ombre.

— Je n'ai pas faim, répondit celle-ci en souriant toujours.

— Evidemment, tu te gaves de fruits à longueur de journée. Ce qui m'étonne, c'est que tu n'aies jamais mal au ventre.

— Sophie dit que les fruits sont bons pour la santé.

— Un vrai repas ne fait pas de mal. Allez, viens... tu iras te débarbouiller et enfiler des chaussures avant l'arrivée de papa.

Il la prit par la main et elle le suivit en sautillant autour de lui comme un jeune chien fou.

Sa mère fit la grimace lorsqu'elle l'aperçut.

— Marie-Ange, commença-t-elle d'un ton sévère. C'est une robe toute neuve que tu as là, regarde : elle est en lambeaux !

Françoise fit les gros yeux mais elle ne se fâchait jamais vraiment. Le plus souvent, les facéties de sa fille l'amusaient plutôt. Elle lui parlait en français tandis que John, son époux, s'adressait à ses enfants en anglais. Marie-Ange comprenait et parlait la langue paternelle avec un fort accent français.

— Mais non, maman, c'est juste le haut qui est un peu déchiré. La jupe n'a rien, elle, assura Marie-Ange avec une moue penaude.

— Formidable, railla Françoise. File te laver la figure et les mains et mets des chaussures, s'il te plaît. Sophie va t'aider.

Vêtue d'une robe noire ornée d'un tablier immaculé, la vieille gouvernante quitta la cuisine et suivit Marie-Ange jusqu'à sa chambre située au dernier étage de la bâtisse. Bien qu'elle ait de plus en plus de mal à se déplacer, elle serait allée au bout du monde pour son « bébé ». Elle s'était occupée de Robert dès sa naissance et l'arrivée de Marie-Ange, sept ans plus tard, l'avait comblée de bonheur. Elle aimait les membres de la famille Hawkins comme ses propres enfants. Elle avait une fille qui vivait en Normandie et qu'elle voyait rarement. Comme

Marie-Ange, le départ de Robert l'attristait profondément. D'un autre côté, c'était pour son bien et il reviendrait au château chaque fois qu'il aurait des vacances.

John avait émis le souhait d'envoyer son fils faire ses études aux Etats-Unis, mais l'idée répugnait à Françoise. Robert lui-même avait avoué qu'il n'avait pas envie de partir si loin. Les Hawkins formaient une famille très unie et le jeune homme comptait de nombreux amis dans la région. Paris lui semblait déjà loin ; à l'instar de sa mère et de sa sœur, et malgré la nationalité américaine de son père, Robert se sentait profondément français.

John était attablé à la cuisine lorsque Marie-Ange fit son apparition. Françoise venait de lui servir un verre de vin ainsi qu'un plus petit à Robert. Boire un peu de vin pendant les repas était une habitude familiale, et il arrivait parfois qu'on en verse quelques gouttes dans le verre d'eau de Marie-Ange. John s'était adapté aux coutumes locales avec une aisance déconcertante. Bien qu'il conduisît ses affaires en français, il continuait à parler anglais à ses enfants afin de parfaire leur culture générale.

Au cours du repas, la conversation fut aussi animée que d'habitude. John et Robert parlèrent affaires tandis que Françoise commentait les nouvelles tout en veillant à ce que Marie-Ange mange proprement. Bien qu'autorisée à se promener librement dans le domaine, la petite fille recevait une éducation stricte et elle avait d'excellentes manières, quand elle décidait de les montrer.

— Et toi, pitchounette, qu'as-tu fait aujourd'hui ? demanda son père en ébouriffant tendrement ses boucles blondes.

Françoise lui servit une tasse de café à l'arôme corsé.

— Elle a dépouillé tes vergers, papa, répondit Robert d'un ton moqueur.

Marie-Ange considéra tour à tour son père et son frère, l'œil espiègle.

— Robert prétend que j'aurai mal au ventre si je mange trop de pêches, mais c'est faux, bien entendu. J'ai l'intention de passer à la ferme tout à l'heure, continua-t-elle, telle une jeune reine s'apprêtant à visiter ses sujets.

Marie-Ange aimait les gens, et tous ceux qu'elle rencontrait succombaient aussitôt à son charme mutin. C'était une enfant rayonnante, ouverte et appréciée de tous. Son frère l'aimait profondément. Les sept années qui les séparaient avaient évité toute rivalité entre eux.

— C'est bientôt la rentrée des classes, tu sais, lui rappela son père. Les vacances sont presque finies.

A ces mots, Marie-Ange fronça les sourcils. Robert partirait bientôt, lui aussi, et son départ les attristerait tous, lui y compris, même si la perspective de vivre à Paris l'excitait secrètement.

Ses parents lui avaient trouvé un petit appartement sur la rive gauche et sa mère avait prévu de l'installer avant la rentrée universitaire. Elle avait déjà expédié quelques meubles et plusieurs malles afin de préparer l'emménagement de son fils.

Lorsque le grand jour arriva pour Robert, Marie-Ange se leva à l'aube et alla se cacher dans le verger. Son frère ne tarda pas à la rejoindre.

— Tu ne veux pas prendre le petit déjeuner avec moi avant mon départ ?

Elle le dévisagea gravement et secoua la tête. Ses yeux étaient tout rougis et une larme brillait encore sur sa joue.

— Non, j'ai pas envie.

— Tu ne vas tout de même pas passer la journée ici... allez, viens partager mon café au lait !

Cette boisson lui était interdite, mais Robert lui passait toujours son bol en cachette. Ce qu'elle préférait par-dessus tout, c'étaient les canards qu'il lui laissait faire dans son bol. Elle plongeait alors un morceau de sucre dans le café au lait chaud et le laissait s'imprégner longuement avant de le fourrer dans sa bouche d'un air béat, juste avant que Sophie ne la pince.

— Je ne veux pas que tu partes à Paris, murmura Marie-Ange tandis que ses yeux s'embuaient à nouveau.

Il la prit gentiment par la main et l'entraîna vers le château où les attendaient leurs parents.

— On se reverra bientôt. Je serai de retour pour le week-end de la Toussaint.

C'étaient les premiers jours de congé qui figuraient sur l'emploi du temps que la Sorbonne lui avait envoyé. Dans deux mois, il serait de retour, mais ces deux mois semblaient une éternité à sa petite sœur.

— Tu ne penseras même pas à moi, tu verras. Tu seras bien trop occupée à tourmenter Sophie, papa et maman… et puis, tu vas retrouver tous tes amis à l'école.

— Tu es vraiment obligé d'aller étudier tout là-bas ? gémit-elle en essuyant ses larmes avec des mains couvertes de poussière.

Robert ne put s'empêcher de sourire en la regardant. Elle ressemblait à un charbonnier, ainsi barbouillée. D'une certaine manière, Marie-Ange était restée le bébé de la famille ; un bébé qu'ils prenaient tous plaisir à cajoler et chérir.

— Il faut bien que j'étudie, si je veux travailler avec papa plus tard. Ton tour viendra à toi aussi, à moins que tu aies l'intention de grimper aux arbres toute ta vie. Ce qui ne m'étonnerait guère, au fond…

Elle lui sourit à travers ses larmes et consentit à s'asseoir près de lui à la table du petit déjeuner.

Françoise arborait un élégant tailleur bleu marine qu'elle avait acheté à Paris l'année précédente. Quant à leur père, il portait un pantalon à pinces gris et un blazer. Une cravate Hermès — cadeau de son épouse — agrémentait sa chemise immaculée. Ils formaient un couple magnifique. A trente-huit ans, Françoise en paraissait dix de moins ; elle avait gardé sa silhouette de jeune fille, et son visage, lisse et délicat, conservait toute sa fraîcheur. Quant à John, il était aussi séduisant que lors de leur première rencontre, le fameux jour où il avait atterri en parachute sur les terres des parents de Françoise.

— Pendant notre absence, tu seras sage avec Sophie d'accord ? fit Françoise à l'adresse de Marie-Ange.

Au même instant, Robert lui passa sous la table un sucre dégoulinant de café au lait qu'elle fourra dans sa bouche avec un sourire reconnaissant.

— Evite d'aller te cacher là où elle ne peut pas se glisser, continua sa mère d'un ton sévère.

Marie-Ange reprenait le chemin de l'école le sur-lendemain et sa mère espérait que la rentrée l'empêcherait de se languir de son frère adoré.

— Nous serons de retour pour le week-end, papa et moi.

Sans Robert, hélas. Une tristesse infinie se lisait sur le visage de Marie-Ange.

— Je t'appellerai, promit son grand frère, bouleversé.

— Tous les jours ? demanda-t-elle en posant sur lui ses grands yeux bleus, si semblables à ceux des hommes de la famille.

— Aussi souvent que je le pourrai. Je risque d'être très pris par mes cours, mais je me débrouillerai pour t'appeler.

Avant de partir, il la serra fort contre lui et l'embrassa sur les deux joues. Puis il monta en voiture avec ses parents. Juste avant de fermer la por-tière, Robert lui remit un petit paquet. « Porte-le », murmura-t-il simplement. En larmes, Sophie et Marie-Ange suivirent des yeux la voiture jusqu'à ce qu'elle disparaisse au bout de l'allée. Dès qu'elle eut regagné la cuisine, la petite fille ouvrit le paquet qu'elle serrait toujours dans sa main. A l'intérieur se trouvait un petit médaillon en or qui contenait une photo de Robert. Un sourire heureux éclairait son visage. La photo avait été prise à Noël, l'an dernier, Marie-Ange s'en souvenait. Un portrait de ses parents, pris le même jour, lui faisait face. C'était un bijou ravissant. Sophie l'aida à attacher la fine chaîne en or au bout de laquelle pendait le médaillon.

— Quel joli cadeau ! s'exclama-t-elle en essuyant furtivement ses yeux humides.

Elle entreprit de débarrasser la table du petit déjeuner, pendant que Marie-Ange allait admirer le médaillon dans le miroir de l'entrée. Un sourire étira ses lèvres. En même temps, une bouffée de tristesse l'envahit lorsqu'elle contempla de nouveau le portrait de son frère, puis celui de ses parents. Sa mère l'avait embrassée avant de partir ; quant à son père, il l'avait serrée dans ses bras avant d'ébouriffer ses boucles, comme il aimait le faire. Il avait promis de venir la chercher à l'école le samedi midi, à leur retour de Paris. Comme la maison semblait vide, sans eux ! Elle entra dans la chambre de Robert et s'assit au bord du lit, incapable de penser à autre chose qu'à son grand frère.

Elle n'avait pas bougé quand Sophie vint la chercher, une demi-heure plus tard.

— Veux-tu venir à la ferme avec moi ? J'ai besoin d'œufs et j'ai promis à Mme Fournier de lui apporter des sablés.

Marie-Ange secoua tristement la tête. Elle n'avait envie de rien, ce matin-là. A peine parti, son frère lui manquait déjà cruellement. L'hiver serait long et morose à Marmouton. Devant le désarroi de la petite fille, Sophie n'insista pas.

— Je serai de retour pour le déjeuner, Marie-Ange. Ne sors pas du parc, d'accord ? Je n'ai pas envie de courir les bois à ta recherche. Promis ?

— Oui, Sophie, répondit docilement Marie-Ange.

Après le départ de la vieille gouvernante, elle erra sans but dans le parc. Ses pas la conduisirent au verger et elle décida de cueillir quelques pommes pour tuer le temps. Si elle en rapportait assez, Sophie confectionnerait sûrement une tarte tatin.

Mais Sophie était toute bizarre, elle aussi, quand elle revint de la ferme à midi. Elle prépara un croque-madame et une assiette de soupe pour Marie-Ange, qui mangea à peine, bien que ce fût son menu préféré. Après le déjeuner, la fillette retourna au verger. Allongée dans l'herbe, elle contempla longuement le ciel en pensant à son frère. Elle ne regagna la maison qu'en fin d'après-midi, pieds nus et échevelée, comme d'habitude. Une voiture de la gendarmerie stationnait dans la cour. Les gendarmes s'arrêtaient de temps en temps pour saluer la famille Hawkins, prendre des nouvelles et boire le thé en compagnie de Sophie. Apparemment, ils ignoraient que ses parents étaient à Paris. Sur le seuil de la cuisine, Marie-Ange vit tout suite que Sophie pleurait, assise à côté d'un gendarme. Sans doute lui racontait-elle le départ de Robert pour Paris. Instinctivement, Marie-Ange effleura son médaillon, juste pour s'assurer qu'il était toujours là. Lorsqu'elle entra dans la pièce, le gendarme et Sophie se turent brusquement. En croisant le regard éploré de la vieille gouvernante, Marie-Ange eut un affreux pressentiment. Il s'était passé quelque chose… quelque chose de plus grave que le départ de Robert. S'agissait-il de la fille de Sophie ? Comme le gendarme et la gouvernante la dévisageaient sans mot dire, un frisson d'angoisse la parcourut.

Le silence se prolongea, pesant. Au bout d'un moment, Sophie lui tendit les bras.

— Viens t'asseoir, ma chérie, ordonna-t-elle en tapotant ses genoux dans un geste qu'elle n'avait pas fait depuis longtemps.

Marie-Ange obéit. A peine était-elle installée que les bras frêles de Sophie l'enlaçaient tendrement. La vieille gouvernante n'avait pas la force de répéter à Marie-Ange ce qu'elle venait d'entendre. A côté d'elles, le gendarme s'agita, conscient qu'il allait devoir prendre le relais.

— Marie-Ange, commença-t-il d'un ton grave.

Cette dernière sentit Sophie trembler de tout son corps. Soudain, elle eut envie de se boucher les oreilles et de prendre ses jambes à son cou. Elle ne voulait pas entendre ce qu'il s'apprêtait à lui dire. Déjà, il reprenait :

— Il y a eu un accident sur la route de Paris.

Elle retint son souffle, tandis que son cœur s'emballait. De quoi parlait-il ? Quel accident ? S'il était ici, c'est qu'il y avait eu des blessés. « Mon Dieu, faites que ce ne soit pas Robert. »

— Un terrible accident, continua-t-il d'une voix blanche.

Cette fois, une vague de panique s'abattit sur elle.

— Tes parents et ton frère…

D'un bond, Marie-Ange sauta à terre et courut vers la porte, mais il la rattrapa par le bras. C'était dur pour lui aussi, mais c'était son devoir.

— Ils sont morts tous les trois il y a une heure. Leur voiture a percuté un camion sorti de sa voie. Ils ont été tués sur le coup. La police vient de nous avertir.

Il se tut. Sous le choc, Marie-Ange resta immobile. Son cœur battait à grands coups désordonnés. Le tic-tac de l'horloge emplissait la cuisine, assourdissant. Elle décocha au gendarme un regard furibond.

— C'est faux ! hurla-t-elle, au bord de l'hystérie. Vous mentez ! Robert et mes parents ne sont pas morts, ils sont à Paris !

— Leur voyage s'est terminé brutalement, murmura le gendarme d'une voix teintée de compassion.

Sophie laissa échapper un sanglot ; au même instant, Marie-Ange fondit en larmes. Lorsqu'elle se débattit, le gendarme relâcha son étreinte et elle quitta la pièce en trombe. L'homme se tourna vers Sophie, désemparé. Il détestait ce genre de mission.

— Dois-je la rattraper ?

Sophie secoua la tête et s'essuya les yeux avec son tablier.

— Non, laissons-la tranquille. J'irai la chercher dans un moment. Elle a besoin d'être seule, répondit-elle entre deux sanglots.

C'était un accident terrible, à peine croyable. Qu'allait devenir Marie-Ange, sans sa famille ? Et elle ? La nouvelle lui semblait presque irréelle tant elle était douloureuse. Ces trois êtres charmants, adorables, morts sur le coup. Brutalement. La scène sanglante décrite par le gendarme l'avait profondément bouleversée. Elle ne pouvait plus qu'espérer qu'ils étaient morts sans souffrir. Le sort de Marie-Ange la préoccupait. Lorsqu'elle avait fait part de ses inquiétudes au gendarme, ce dernier lui avait assuré que le notaire de la famille prendrait rapidement contact avec elle pour discuter de l'avenir de l'enfant.

La nuit commençait à tomber lorsqu'elle alla chercher Marie-Ange. Assise au pied d'un arbre, la petite fille sanglotait, le visage enfoui dans ses genoux. Le cœur serré, Sophie s'assit à côté d'elle.

— C'est la volonté de Dieu, Marie-Ange. Il les a conduits au paradis, murmura-t-elle entre ses larmes.

— Non, c'est faux. Et si c'est vrai, je Le déteste.

— Ne dis pas ça, chérie. Nous devons prier pour eux.

En prononçant ces mots, elle prit Marie-Ange dans ses bras et la berça doucement contre elle. Elles restèrent ainsi un long moment, donnant ensemble libre cours à leur chagrin. Il faisait nuit quand elles rentrèrent au château, étroitement enlacées. Marie-Ange avançait comme un automate. Tout à coup, elle leva sur Sophie un regard terrifié.

— Qu'allons-nous devenir, Sophie ? demanda-t-elle à mi-voix. Nous resterons ici, n'est-ce pas ?

— J'espère, ma chérie. Je n'en sais rien.

A quoi bon faire des promesses qu'elle ne pourrait tenir ? Elle ignorait totalement de quoi demain serait fait. A sa connaissance, les Hawkins n'avaient pas de famille ; personne n'était jamais venu leur rendre visite des Etats-Unis.

Marie-Ange frissonna, terrassée par un affreux sentiment de solitude. Jamais elle ne pourrait continuer à vivre sans ses parents et sans son frère. Elle ne les reverrait plus, sa vie s'était brisée avec leur disparition, un peu comme si elle était morte avec eux.

2

La messe d'enterrement eut lieu à la chapelle de Marmouton. Une foule impressionnante vint y assister : les agriculteurs des fermes avoisinantes se mêlèrent aux habitants du village et aux amis de la famille Hawkins. Il y avait aussi les camarades de lycée de Robert ainsi que les associés et les employés de John Hawkins. Un repas les attendait au château et tous y prirent part après la cérémonie, s'efforçant tant bien que mal d'apporter un peu de réconfort à la pauvre orpheline et à la gouvernante qui veillait sur elle avec amour.

Le lendemain, le notaire de John Hawkins vint expliquer la situation à Sophie et à Marie-Ange. Celle-ci n'avait plus qu'une seule parente en vie, une tante de son père, Carole Collins, qui habitait l'Iowa — celle-là même qu'il avait préféré oublier. Elle n'était jamais venue en France, ils n'étaient jamais allés la voir ; Marie-Ange ne savait rien d'autre sur elle.

Le notaire l'avait contactée : elle était tout à fait disposée à recueillir l'orpheline. De son côté, il s'occuperait du château et des affaires de son père. Du haut de ses onze ans, Marie-Ange ne chercha pas à en savoir davantage. Le notaire mentionna l'existence de quelques « dettes » et parla des « biens immobiliers » de ses parents, autant de mots qui ne signifiaient rien pour elle.

— Ne peut-elle pas continuer à vivre au château ? demanda Sophie d'une voix étranglée.

Le notaire secoua gravement la tête. Il ne laisserait pas une enfant et sa gouvernante âgée seules dans une demeure comme celle-ci. Il faudrait bientôt prendre des décisions concernant l'avenir de Marie-Ange, et Sophie ne pourrait endosser de telles responsabilités. Les employés de John lui avaient fait part de la santé fragile de la gouvernante et il lui semblait plus raisonnable de confier l'enfant à une parente qui se chargerait de faire les bons choix pour elle, même s'il ne doutait pas du dévouement de Sophie. Il parla à cette dernière de la retraite qu'elle percevrait bientôt ; le désintéressement de la vieille femme le toucha profondément. Seule Marie-Ange comptait pour Sophie. Qu'allait-elle devenir tout là-bas, propulsée dans un monde totalement inconnu ? Marie-Ange mangeait à peine depuis la mort de ses parents ; inconsolable, elle passait ses journées allongée dans les herbes hautes du verger, fixant le ciel d'un regard vide.

— Je suis sûre que ta tante est très gentille, assura le notaire d'un ton réconfortant.

Marie-Ange continua à le fixer d'un air hébété tandis que les paroles de son père résonnaient dans sa tête. « Une femme méchante et bornée ». S'agissait-il de la même tante ?

— Quand doit-elle partir ? s'enquit Sophie une fois que Marie-Ange eut quitté la pièce.

La simple idée d'une séparation lui déchirait le cœur.

— Après-demain. Je la conduirai moi-même à Paris pour qu'elle prenne son avion. Elle fera une escale à Chicago où elle prendra une correspondance. Sa tante m'a dit qu'elle enverrait quelqu'un la chercher à l'aéroport. Si j'ai bien compris, M. Hawkins a grandi dans cette ferme, en Iowa, ajouta-t-il dans l'espoir de consoler la vieille femme qui s'était remise à pleurer.

Hélas, aucune de ses paroles ne parvint à atténuer son chagrin. En l'espace de quelques jours, Sophie avait perdu ses employeurs qu'elle aimait tant, le garçon dont elle s'occupait depuis sa naissance et elle était à présent sur le point de perdre la fillette qu'elle chérissait plus que tout. Marie-Ange était un rayon de soleil pour ceux qui la côtoyaient. Que lui importait de toucher une retraite ? Elle aurait volontiers tout donné pour pouvoir rester auprès de cette enfant tendre et aimante, cette enfant qui avait tant besoin d'elle !

— Comment saurons-nous si tout se passe bien, là-bas ? demanda-t-elle d'une voix teintée d'angoisse. Et si elle n'est pas heureuse ?

— Il n'y a pas d'autre solution, répondit-il simplement. C'est sa seule famille, madame. Elle est obligée d'aller vivre là-bas et si vous voulez mon avis, nous devrions nous réjouir que Mme Collins ait accepté de la recueillir.

— A-t-elle des enfants, cette dame ? demanda Sophie, espérant de tout son cœur que Marie-Ange trouverait là-bas l'amour dont elle avait besoin.

— J'ai l'impression qu'elle a déjà un certain âge, mais elle m'a paru intelligente et vive d'esprit. Bien sûr, mon appel l'a surprise, mais elle a tout de suite compris la situation. Elle a dit de prévoir des vêtements chauds pour Marie-Ange ; apparemment, l'hiver est rigoureux, là-bas.

Pour Sophie, l'Iowa aurait tout aussi bien pu se trouver sur la lune. Malgré ses efforts, elle n'arrivait pas à se faire à l'idée que sa petite Marie-Ange se retrouverait bientôt dans ce monde inconnu. Oh, elle mettrait dans ses valises tous les vêtements chauds qu'elle trouverait, ainsi que les objets chers à Marie-Ange : les jouets et les poupées, les portraits de Robert et de ses parents. Elle pourrait ainsi recréer autour d'elle un cadre familier.

Avec un soin dévoué, Sophie prépara trois grosses valises. Le notaire ne fit aucun commentaire au sujet des volumineux bagages lorsqu'il vint chercher Marie-Ange, le surlendemain. Son cœur se serra quand il posa les yeux sur l'enfant. Elle ressemblait à une poupée figée, encore sous le choc. Son regard trahissait une angoisse et une tristesse indicibles. Au moment de partir, elle se réfugia dans les bras de Sophie, secouée de violents sanglots. En pleurs elle aussi, la vieille femme la serra contre sa poitrine. Le notaire patienta un long moment, impuissant et mal à l'aise. Finalement, il effleura l'épaule de Marie-Ange.

— Il est temps de partir, Marie-Ange, si nous ne voulons pas rater l'avion.

— J'aimerais le rater, justement, protesta-t-elle faiblement. Je ne veux pas partir en Amérique. Je veux rester ici.

Il s'abstint de lui rappeler que le château serait bientôt mis en vente, avec tous les meubles qui s'y trouvaient. A quoi bon le conserver ? Marie-Ange était trop jeune pour veiller sur les biens de la famille. Sa vie au château de Marmouton était terminée, elle le savait aussi. Avant de monter en voiture, la petite fille promena un regard circulaire tout autour d'elle, comme pour graver dans sa mémoire chaque détail du paysage. D'une voix enrouée par l'émotion, Sophie promit de lui écrire tous les jours. Lorsque le véhicule disparut au bout de l'allée, la vieille gouvernante tomba à genoux dans la cour, secouée de sanglots incontrôlables. Elle se rendit ensuite à la cuisine, avant de regagner sa maisonnette où elle boucla ses valises et nettoya tout de fond en comble. Lorsqu'elle eut terminé, elle sortit sur le perron baigné de soleil et ferma la porte à clé. Elle passerait quelques jours à la ferme, chez ses amis, puis partirait vivre en Normandie auprès de sa fille.

Pendant tout le trajet qui la conduisait à Paris, Marie-Ange demeura silencieuse. Au début, le notaire tenta de nouer la conversation mais, devant le peu d'enthousiasme de sa passagère, il renonça. Qu'aurait-il pu lui dire pour la consoler ? Elle allait

devoir accepter la tragédie qui avait brisé son existence et prendre un nouveau départ chez la grand-
tante qui l'attendait dans l'Iowa. Avec le temps, elle
finirait bien par retrouver son sourire et sa joie de
vivre, il en était persuadé.

Ils s'arrêtèrent sur la route pour déjeuner, mais
Marie-Ange toucha à peine au contenu de son
assiette et lorsqu'il voulut lui acheter une glace, à
l'aéroport, elle refusa poliment. Ses grands yeux
bleus lui mangeaient la figure, ses boucles étaient en
désordre. Pour le voyage, Sophie lui avait fait mettre
une jolie robe bleue à smocks et un gilet assorti. Elle
portait ses belles chaussures vernies et à son cou, le
médaillon en or que lui avait offert son frère, juste
avant sa mort. A la voir si grave, si posée, personne
n'aurait pu croire qu'elle avait couru tout l'été les
prés et les vergers, pieds nus, débraillée et échevelée.
Telle une princesse de tragédie, elle se dirigea vers
l'avion sans se retourner une seule fois vers le notaire
qui la suivait des yeux. Elle n'avait pas prononcé un
seul mot à part un poli : « Au revoir, monsieur », tout
en lui serrant la main. Une hôtesse de l'air s'était
approchée d'elle pour la conduire jusqu'à l'avion en
partance pour Chicago. Le notaire avait expliqué à
l'équipage qu'elle venait de perdre sa famille et
qu'elle partait vivre chez une tante, dans l'Iowa.
Même sans connaître son histoire, ils auraient aussitôt perçu sa détresse.

Dans un élan de compassion, la chef de cabine
avait promis de veiller sur elle tout au long du vol ;
une fois à Chicago, elle l'aiderait à prendre sa
correspondance pour l'Iowa. Le notaire remercia

chaleureusement la jeune femme. L'histoire tragique de Marie-Ange l'avait beaucoup ébranlé. Heureusement, elle avait encore cette grand-tante qui l'aiderait à reprendre goût à la vie.

Il attendit que l'avion ait décollé pour reprendre le chemin de Marmouton. Il lui restait encore des affaires à régler là-bas — la mise en vente du château et la succession de John Hawkins. Heureusement pour Marie-Ange, ce dernier avait tout prévu depuis longtemps.

Marie-Ange ne ferma presque pas l'œil de la nuit. Devant l'insistance de l'équipage, elle consentit à grignoter un morceau de poulet et un peu de pain. Prostrée dans son fauteuil, elle garda les yeux fixés sur le hublot. Hélas, le ciel demeura tristement opaque ; il n'y avait aucune once de rêve, aucune lueur d'espoir dans cet océan cotonneux. A onze ans, elle avait l'impression d'avoir vécu ses meilleures années. Lorsqu'elle ferma enfin les yeux, elle vit les visages de ses parents et de son frère aussi distinctement que sur les photos du médaillon. Elle avait aussi une photo de Sophie et avait soigneusement noté l'adresse de sa fille, promettant de lui écrire dès qu'elle serait arrivée chez sa tante. Déjà, elle brûlait d'impatience d'ouvrir la première lettre de la gouvernante.

L'avion atterrit à Chicago à 21 heures. Une heure plus tard, elle embarquait dans un autre appareil, direction l'Iowa, avec ses trois grosses valises en soute. A 23 h 30, ils arrivèrent à Fort Dodge ; par le hublot, Marie-Ange scruta le paysage baigné par l'obscurité. De vastes étendues toutes plates, ce fut tout ce qu'elle distingua. L'aérogare était minuscule ; une hôtesse l'escorta jusqu'au hall des arrivées où l'attendait un homme coiffé d'un chapeau de cow-boy. Il portait une moustache et ses yeux noirs étaient empreints de gravité. Marie-Ange croisa son regard, intimidée. Il se présenta aussitôt à l'hôtesse de l'air : c'était le métayer de la ferme ; Carole Collins, la grand-tante de Marie-Ange, lui avait remis une autorisation écrite pour venir chercher l'enfant à l'aéroport. Après lui avoir confié le passeport de Marie-Ange, l'hôtesse prit congé. Le métayer saisit Marie-Ange par la main et ils allèrent ensemble récupérer ses bagages. En découvrant le nombre et la taille des valises, il la gratifia d'un sourire amusé.

— J'ai bien fait de prendre la fourgonnette.

Comme elle ne réagissait pas, il réalisa soudain qu'elle ne parlait peut-être pas anglais, malgré les origines de son père. Elle n'avait dit que « good-bye » à l'hôtesse, avec un fort accent français.

— Est-ce que tu as faim ? reprit-il en prenant soin d'articuler chaque mot.

Elle secoua la tête.

Il demanda à un porteur de prendre une valise pendant qu'il s'occupait des deux autres. Sur le chemin du parking, il lui dit qu'il s'appelait Tom et lui expliqua qu'il travaillait pour sa tante Carole. Marie-Ange l'écouta, se contentant de hocher la tête de temps en temps. Etait-ce la mort de ses parents qui l'avait plongée dans ce mutisme ou bien était-elle simplement timide ? La tristesse qui voilait son regard lui fit de la peine.

— Ta tante est une femme bien, dit-il d'un ton rassurant en tournant la clé de contact.

Assise à côté de lui, Marie-Ange ne fit aucun commentaire. Avant même de faire sa connaissance, elle détestait cette tante qui l'avait arrachée à son château et à Sophie. Elle aurait tant aimé rester à Marmouton ! Hélas, personne n'avait tenu compte de ses désirs.

Le trajet dura plus d'une heure. Il était presque une heure du matin lorsque Tom sortit de l'autoroute pour s'engager sur une route étroite et cahoteuse. Quelques minutes plus tard, une maison imposante surgit dans la lumière des phares. Marie-Ange distingua aussi deux silos, une étable et plusieurs autres bâtiments. Aussi vaste fût-elle, la propriété ne ressemblait en rien à Marmouton. La petite fille eut soudain l'angoissante sensation de se retrouver sur une autre planète. La camionnette s'immobilisa devant la maison ; personne ne vint les accueillir. Tom sortit les valises et se dirigea vers la cuisine délabrée. Ne sachant trop que faire, Marie-Ange le suivit d'un pas hésitant et s'arrêta sur le seuil. Le métayer se tourna vers elle et lui fit signe en souriant.

— Entre, Marie. Je vais chercher ta tante ; elle m'a dit qu'elle attendrait ton arrivée.

Vingt-deux heures s'étaient écoulées depuis son départ de France ; son petit visage et ses yeux immenses trahissaient une grande fatigue. Un léger bruit la fit sursauter et elle se tourna vers une autre pièce baignée d'une faible lumière. Assise dans un fauteuil roulant, une vieille femme se tenait dans l'embrasure de la porte. C'était une vision terrifiante pour une enfant de onze ans.

— Quelle idée de mettre une robe aussi ridicule pour voyager, lança-t-elle en guise de salutation.

Son visage était dur, anguleux, et ses yeux rappelaient très vaguement ceux de son père. Ses longues mains noueuses reposaient sur les roues du fauteuil. Marie-Ange ne s'était pas préparée à trouver une tante handicapée. Sans qu'elle puisse s'expliquer pourquoi, une bouffée de peur l'envahit.

— On croirait que tu vas au bal.

Le ton était sarcastique. Dire que ses valises étaient pleines de « robes ridicules » comme celle-ci !

— Parles-tu anglais ?

Marie-Ange hocha la tête.

— Merci d'être allé la chercher, Tom, reprit Carole Collins à l'adresse du métayer, qui tapota gentiment l'épaule de Marie-Ange avant de s'en aller.

Père et grand-père, il éprouvait de la compassion pour cette enfant venue de si loin, dans de tragiques circonstances. Elle était ravissante, mais la peur voilait son beau visage. Les efforts qu'il avait déployés pour la rassurer, tout le long du chemin, étaient restés vains. Carole Collins n'était pas quelqu'un de chaleureux. Elle n'avait jamais eu d'enfants et elle ne manifestait aucun intérêt pour ceux de ses employés ou de ses amis. Quelle ironie du sort, cette gamine qui croisait son chemin au crépuscule de sa vie ! Peut-être s'adoucirait-elle un peu à son contact, c'était tout ce qu'il espérait.

— Tu dois être fatiguée, fit observer Carole Collins en dévisageant Marie-Ange.

Cette dernière refoula à grand-peine les larmes qui lui brûlaient les yeux. Comme elle aurait aimé se blottir dans les bras accueillants de sa chère Sophie !

— Tu iras bientôt te coucher.

Marie-Ange était épuisée, certes, mais elle avait surtout très faim. Hélas, Carole Collins fut la seule, ce jour-là, à ne pas lui proposer à manger.

— As-tu quelque chose à dire ? reprit sa tante en la fixant droit dans les yeux.

La question sonna comme un reproche aux oreilles de l'enfant apeurée.

— Merci de m'accueillir chez vous, articula-t-elle dans un anglais parfait bien que teinté d'un fort accent.

— On n'a pas vraiment eu le choix, ni l'une ni l'autre, dans cette histoire. Il faudra bien s'y faire. Je compte sur toi pour m'aider dans les besognes quotidiennes, ajouta-t-elle avec fermeté. J'espère que tu as pris des vêtements plus pratiques que ça.

D'une main experte, elle fit pivoter son fauteuil roulant.

Carole Collins avait contracté la polio à l'âge de vingt ans ; elle n'avait jamais retrouvé l'usage de ses jambes. Elle pouvait toutefois marcher avec des béquilles, les jambes maintenues par un appareillage orthopédique, mais elle préférait se déplacer en fauteuil — c'était plus pratique et moins humiliant à ses yeux. Cela faisait cinquante ans qu'elle vivait ainsi. Elle avait fêté ses soixante-dix ans au mois d'avril. Son mari avait été tué pendant la guerre et elle ne s'était jamais remariée. Ayant hérité de la ferme de son père, elle gérait l'exploitation de main de maître. Après la mort de son frère, elle avait récupéré ses terres et étendu ainsi le domaine familial. Son frère avait été le père de John. Sa belle-sœur s'était remariée et avait déménagé quelque temps plus tard, trop heureuse de céder les terres de son premier époux à Carole Collins, dernière représentante de la famille. Si Carole était incollable en élevage et en agriculture, elle ne connaissait strictement rien aux enfants.

Bien qu'elle ne reçût que très rarement de la visite, c'est à contrecœur qu'elle avait préparé la chambre d'amis pour Marie-Ange. Avec l'arrivée de la gamine, elle se voyait dans l'obligation de sacrifier une belle pièce de la maison. Elles traversèrent un salon plongé dans la pénombre puis remontèrent un long couloir obscur. A chaque pas, Marie-Ange sentait des larmes de terreur, de fatigue et de désespoir lui monter aux yeux. Carole Collins poussa une porte, appuya sur l'interrupteur. Un flot de lumière inonda une pièce sobrement meublée. Un crucifix ornait un mur ; sur un autre pendait une reproduction d'un tableau de Norman Rockwell. Le lit métallique occupait le centre de la chambre ; deux draps et une couverture soigneusement pliés reposaient sur le fin matelas, à côté d'un oreiller et d'une serviette de toilette. Il y avait aussi une petite penderie et une commode. Marie-Ange comprit aussitôt qu'elle ne pourrait jamais y ranger le contenu de ses trois valises.

— La salle de bains est au bout du couloir, expliqua Carole. Je compte sur toi pour ne pas t'y éterniser, compris ? Ceci dit, tu es encore un peu jeune pour y passer des heures.

Marie-Ange hocha la tête, songeant à sa mère qui aimait prendre de longs bains parfumés. Quand elle sortait avec son mari, elle se maquillait soigneusement devant le miroir, sous l'œil émerveillé de Marie-Ange. Carole Collins n'était pas maquillée ; vêtue d'un jean et d'une chemise d'homme, elle avait les cheveux courts et les ongles coupés au carré. Il n'y avait rien de particulièrement féminin chez elle. Marie-Ange ne vit en elle qu'une vieille personne revêche et taciturne.

— Je suppose que tu sais faire ton lit, reprit-elle. Si ce n'est pas le cas, tu n'auras qu'à te débrouiller.

Une fois de plus, Marie-Ange opina du chef. Sophie lui avait appris à faire son lit il y a longtemps mais comme elle n'y arrivait pas très bien, la gouvernante venait toujours à sa rescousse, provoquant les protestations taquines de Robert qui, lui, était obligé de se débrouiller seul.

La fillette et la vieille femme se contemplèrent longuement. Les pupilles de Carole se rétrécirent.

— Tu ressembles beaucoup à ton père quand il était enfant. Cela faisait vingt ans que je ne l'avais pas revu, ajouta-t-elle d'une voix dénuée d'émotion.

Marie-Ange commençait à comprendre ce que voulait dire son père lorsqu'il décrivait Carole Collins comme une femme méchante et bornée. Sa grand-tante semblait dure, impitoyable et à la fois malheureuse. Etait-ce à cause de la maladie qui l'avait clouée sur un fauteuil roulant à vingt ans ? Par politesse, Marie-Ange s'abstint de lui poser la question. Si elle avait été en vie, sa mère n'aurait pas apprécié pareille insolence.

— En fait, je ne l'ai plus revu depuis son départ pour la France. C'était d'ailleurs idiot de sa part de vouloir partir, si tu veux mon avis, alors qu'il avait tant de choses à faire ici. Son père a eu beaucoup de mal à s'en sortir seul mais, apparemment, il s'en fichait. J'imagine que c'est pour retrouver ta mère qu'il est parti.

Le ton accusateur blessa Marie-Ange, qui s'abstint de tout commentaire. Elle comprenait pourquoi son père avait eu hâte de quitter cet endroit lugubre et déprimant, d'oublier cette tante froide et austère. Les autres membres de la famille avaient-ils été ainsi ? Carole Collins était si différente de sa mère, gracieuse et chaleureuse, vivante et drôle et tellement, tellement jolie ! Pas étonnant que son père ait parcouru des milliers de kilomètres pour la retrouver, si toutes les femmes de l'Iowa ressemblaient à sa grand-tante !

Avec quelques années de plus, Marie-Ange aurait compris que Carole Collins était surtout pétrie d'amertume. La vie n'avait pas été clémente avec elle : d'abord, il y avait eu cette horrible maladie invalidante, puis le décès de son mari, quelques années plus tard. Ignorant ce qu'étaient l'insouciance et le bonheur, elle était incapable d'ouvrir son cœur aux autres.

— Je te réveillerai quand je me lèverai, reprit-elle finalement. Tu m'aideras à préparer le petit déjeuner.

— Merci, murmura Marie-Ange, les yeux embués de larmes.

Ignorant sa détresse, la vieille femme fit pivoter son fauteuil et quitta la pièce. Après avoir refermé la porte derrière elle, Marie-Ange s'assit sur le lit et donna libre cours à son chagrin. Au bout d'un moment, elle se leva pour faire son lit puis chercha dans ses valises ses chemises de nuit, soigneusement pliées par Sophie. De ses vieilles mains déformées par l'arthrite, la vieille gouvernante avait orné les cotonnades de délicates broderies. Elles aussi venaient de Paris. Carole Collins n'avait sans doute jamais rien vu d'aussi raffiné… et elle s'en moquait bien !

Allongée dans son lit, Marie-Ange resta un long moment éveillée. Qu'avait-elle fait pour mériter pareille punition ? Robert et ses parents n'étaient plus là, Sophie non plus, et elle se retrouvait à présent avec cette vieille femme effrayante dans cet endroit sinistre… Allongée dans ce lit inconnu, à l'écoute des mille petits bruits qui peuplaient la nuit, elle céda au désespoir. Si seulement… oui, si seulement ses parents l'avaient emmenée à Paris, elle aussi, en ce funeste jour…

3

Il faisait encore nuit quand Carole Collins vint réveiller Marie-Ange le lendemain matin. Assise dans son fauteuil roulant, elle lui ordonna de se lever puis disparut. Cinq minutes plus tard, les yeux encore pleins de sommeil et les boucles en bataille, Marie-Ange la rejoignit dans la cuisine. Il était 5 h 30.

— On se lève tôt, à la ferme, Marie, dit-elle en abandonnant délibérément la seconde moitié de son prénom.

Après une brève hésitation, Marie-Ange prit la parole d'une voix claire :

— Je m'appelle Marie-Ange, corrigea-t-elle avec un accent que d'aucuns auraient trouvé charmant, mais qui laissa Carole Collins parfaitement indifférente.

Pour celle-ci, le prénom composé de sa petite-nièce était ridicule et prétentieux, très symptomatique de la conduite de son neveu.

— *Marie* suffira, ici, déclara-t-elle en posant sur la table une bouteille de lait, une miche de pain et un pot de confiture. Tu peux te faire des toasts, si tu veux, ajouta-t-elle en montrant du doigt un vieux grille-pain rouillé.

Sans se démonter, Marie-Ange y glissa deux tranches de pain. Composés d'œufs, de jambon et de pêches quand c'était la saison, les petits déjeuners de Sophie lui manquaient déjà. Quand le pain fut grillé, Carole s'empara d'une tranche qu'elle tartina d'une fine couche de confiture puis elle rangea la miche dans la huche. Il ne restait qu'un toast pour Marie-Ange qui, tenaillée par la faim, dut toutefois se contenter de ce frugal repas.

— Tom te fera visiter la ferme aujourd'hui et il en profitera pour te montrer les différentes tâches que tu devras accomplir quotidiennement. A partir d'aujourd'hui, tu feras ton lit en te levant puis tu prépareras le petit déjeuner, comme je viens de te montrer, et tu vaqueras à tes besognes avant de partir à l'école. Nous travaillons tous ici, il n'y a pas de raison que tu échappes à la règle. Si tu rechignes, poursuivit-elle en dardant sur elle un regard menaçant, je te placerai à l'orphelinat. Il y en a un à Fort Dodge. Crois-moi, tu seras beaucoup mieux ici ; je te conseille donc de suivre mes instructions à la lettre.

Marie-Ange hocha la tête mécaniquement. Elle comprenait enfin toute la détresse contenue dans ce petit mot : « orpheline ».

— Tu rentres à l'école après-demain, lundi. Demain, Tom nous conduira à la messe.

Elle n'avait jamais voulu acheter une voiture spécialement équipée qu'elle aurait pu conduire elle-même — une dépense inutile, à ses yeux.

— Quand tu en auras terminé avec tes besognes, nous irons t'acheter quelques vêtements de travail en ville. J'imagine qu'il n'y a rien de tel dans tes valises.

— Je ne sais pas, madame... tante...

Marie-Ange bredouilla, sous l'œil imperturbable de sa tante. Son estomac vide se tordait douloureusement. Elle avait à peine mangé dans l'avion et rien du tout la veille au soir. C'était la première fois de sa vie qu'elle éprouvait une telle sensation.

— C'est Sophie qui a préparé mes valises, reprit-elle sans se donner la peine d'expliquer qui était Sophie. Il doit y avoir quelques robes que je mettais pour jouer.

Hélas, tous les vêtements déchirés ou rapiécés qu'elle portait pour courir la campagne étaient restés à Marmouton, car Sophie avait craint de choquer sa grand-tante en les mettant dans ses valises.

— Nous jetterons un coup d'œil après le petit déjeuner, décréta Carole Collins d'un air sévère. Mets-toi bien dans la tête que tu devras travailler comme tout le monde, ici. Te prendre sous mon toit va me coûter de l'argent. Il faudra bien que tu participes, d'une manière ou d'une autre.

— Oui, madame, fit Marie-Ange d'un ton solennel.

Le regard courroucé de la vieille femme la fit tressaillir.

— Appelle-moi tante Carole. Il est temps de faire la vaisselle, maintenant.

Marie-Ange s'exécuta rapidement. Elles n'avaient utilisé que deux assiettes et une tasse pour le café de Carole. Lorsqu'elle eut terminé, Marie-Ange regagna sa chambre. Assise sur son lit, elle se perdit dans la contemplation des photos de ses parents et de son frère qu'elle avait alignées sur la commode. Sans même s'en rendre compte, elle effleura du bout des doigts le médaillon qui pendait à son cou.

Elle sursauta en entendant grincer le fauteuil roulant de sa grand-tante.

— J'aimerais voir ce qu'il y a dans ces trois énormes valises. Un enfant ne devrait pas posséder autant de vêtements, Marie, c'est un péché.

Marie-Ange sauta au pied du lit et entreprit d'ouvrir ses bagages, dévoilant une quantité impressionnante de robes à smocks, des chemises de nuit brodées et plusieurs petits manteaux que sa mère avait achetés à Paris et à Londres. En France, elle les portait pour aller à l'école et à l'église le dimanche ou encore quand elle se rendait à Paris avec ses parents. Carole les examina d'un air ouvertement réprobateur.

— Tu n'auras pas besoin de ces trucs-là, ici.

Elle approcha son fauteuil de Marie-Ange et se mit à fouiller elle-même les valises, empilant sur le lit quelques pulls, des pantalons et une ou deux jupes. C'étaient ses vêtements les moins jolis, mais Sophie avait expliqué qu'elle pourrait toujours les porter pour aller à l'école. Dans sa naïveté, elle crut d'abord que tante Carole les mettait de côté parce qu'ils n'étaient pas à son goût. Sans mot dire, elle referma les valises puis lui ordonna de ranger dans l'armoire les affaires rassemblées sur le lit. Marie-Ange n'eut pas le temps de réagir : déjà, sa tante l'envoyait chercher Tom qui lui indiquerait son travail. Puis elle disparut dans sa chambre, tout au fond du couloir sombre.

Le métayer l'attendait dans la cour ; il l'emmena directement à l'étable où il lui apprit à traire une vache, puis il lui montra les autres corvées dont elle devrait s'acquitter. Aucune d'elles ne lui parut compliquée, c'était plutôt leur nombre qui l'effraya. Tom s'empressa de la rassurer : si elle n'avait pas le temps de tout faire avant de partir à l'école, elle pourrait achever les tâches de nettoyage en fin d'après-midi, juste avant le dîner. Deux heures plus tard, il la ramena auprès de tante Carole.

A la grande surprise de Marie-Ange, cette dernière les attendait sous le porche, vêtue avec un soin particulier. S'adressant à Tom, elle lui ordonna d'aller chercher les valises de Marie-Ange et de les charger à l'arrière du pick-up. L'effroi se peignit sur le visage de la petite fille. Sa tante avait-elle décidé de l'envoyer à l'orphelinat ? La mort dans l'âme, elle les suivit jusqu'au véhicule qui l'avait ramenée de l'aéroport, la veille. Le métayer jeta ses valises sur la plate-forme arrière. La gorge nouée, Marie-Ange était incapable de prononcer un seul mot. En quelques heures, sa vie était devenue un véritable cauchemar. Elle avait des larmes plein les yeux quand ils arrivèrent en ville ; Carole demanda au métayer de s'arrêter au dépôt-vente. Devant la boutique, Tom déplia le fauteuil de sa patronne et l'aida à s'y installer. Elle lui ordonna alors d'apporter les valises à l'intérieur. Marie-Ange observa la scène d'un air perplexe. Où étaient-ils ? Pourquoi avait-on apporté ses valises ici ? Autant de questions angoissantes, restées sans réponse.

47

Les vendeuses saluèrent poliment Carole en la voyant arriver. Tom la suivait, chargé des valises qu'il posa devant le comptoir, sur les instructions de sa patronne.

— J'aurais besoin de salopettes pour ma nièce.

Marie-Ange réprima un soupir de soulagement. Elle n'échouerait pas à l'orphelinat — pas aujourd'hui, en tout cas. Sa tante choisit trois salopettes, quelques tee-shirts tachés, un sweat-shirt élimé, une paire de tennis presque neuves ainsi qu'une horrible veste matelassée marron beaucoup trop grande pour elle mais qui lui tiendrait chaud cet hiver. En essayant les vêtements, Marie-Ange expliqua aux vendeuses qu'elle arrivait tout juste de France. Carole ajouta promptement qu'elle avait apporté trois valises pleines de choses inutiles.

— Gardez-les en échange de ce que je vous prends aujourd'hui, dit-elle en montrant les bagages. Et payez-moi le surplus. Elle n'aura besoin d'aucun de ces vêtements ici, surtout si elle atterrit à l'orphelinat. Ils portent des uniformes, là-bas, ajouta-t-elle en se tournant vers Marie-Ange, qui ne put retenir ses larmes plus longtemps.

Derrière le comptoir, les vendeuses observaient la scène d'un air désolé.

— Puis-je garder quelques affaires, tante Carole ? Mes chemises de nuit... mes poupées...

— Tu n'auras pas le temps de jouer à la poupée, rétorqua sa grand-tante.

Elle hésita un instant.

— Prends les chemises de nuit, concéda-t-elle finalement.

Marie-Ange fouilla dans une valise et s'empara des chemises qu'elle serra contre elle dans un geste désespéré. Tout le reste disparaîtrait à jamais, toutes les belles affaires qu'avait achetées sa mère avec amour, toutes les jolies robes qui ravissaient son père. C'était comme si on lui arrachait les derniers souvenirs de son ancienne vie, sa vie de rêve. Ses sanglots redoublèrent. Bouleversé par cette enfant qui serrait contre elle ses pauvres vêtements, son petit visage ravagé par une détresse infinie, Tom se détourna brusquement. Impassible, Carole Collins lui tendit le sac d'habits et sortit du magasin. Marie-Ange et Tom la suivirent, le cœur lourd. L'orphelinat ne lui faisait plus peur. Après tout, ça ne pouvait pas être pire que ce qu'elle était en train de vivre. Ils s'installèrent dans le pick-up en silence.

De retour à la ferme, Marie-Ange alla ranger ses chemises de nuit et ses nouveaux vêtements. Dix minutes plus tard, sa tante l'appela pour le déjeuner. Cette fois, elle eut droit à un petit sandwich au jambon, sans beurre ni mayonnaise, un verre de lait et un biscuit. A l'évidence, la vieille femme rechignait à la nourrir correctement, comme si son arrivée grevait considérablement son budget. Marie-Ange ne songea pas à la somme rondelette que Carole Collins venait de percevoir en laissant ses belles affaires au dépôt-vente. Elle ignorait que, pour le moment en tout cas, sa venue était plus profitable que ruineuse.

La jeune fille vaqua à ses besognes tout l'après-midi ; elle ne revit sa tante qu'à l'heure du dîner et ce soir-là encore, le repas s'avéra frugal. Carole avait confectionné un minuscule pain de viande accompagné de légumes bouillis, insipides. Pour le dessert — quelle surprise ! —, sa grand-tante lui servit un petit bol de gelée verte.

Après avoir fait la vaisselle, Marie-Ange alla se coucher. Incapable de trouver le sommeil, elle songea à ses parents et aux événements qui s'étaient enchaînés tristement depuis leur disparition. Il lui était difficile à présent d'imaginer une autre vie que celle-ci, faite de peur et de solitude, de faim et de chagrin. Un chagrin qui lui transperçait le cœur. « Une femme méchante et bornée », les paroles de son père résonnèrent une fois encore à ses oreilles, tandis qu'elle en mesurait toute la portée. Sa mère, tellement affectueuse, rayonnante et vive, aurait détesté cette femme. Plus encore que son père, cela ne faisait aucun doute. Hélas, cette pensée ne lui apporta aucun réconfort. Elle était coincée ici, avec cette mégère, et ils étaient partis. A elle de se débrouiller, désormais.

Le lendemain matin, Tom les conduisit à l'église. La messe lui sembla longue et terriblement ennuyeuse. Dans son sermon, le pasteur parla de l'enfer, de l'adultère, du châtiment et d'autres choses encore, tantôt effrayantes, tantôt inintéressantes pour une enfant de onze ans. Elle se serait assoupie si sa grand-tante ne l'avait pas secouée sans ménagement.

Le dîner fut aussi morne que les autres repas. Carole lui rappela qu'elle allait à l'école le lendemain. Bien qu'elle ne sût pas écrire l'anglais, Marie-Ange le parlait assez couramment pour suivre les cours.

— Tu devras longer la route sur un peu plus d'un kilomètre, jusqu'à une pancarte jaune, expliqua Carole avant d'aller se coucher. Le bus passe à 7 heures. Bien entendu, tu auras fait ton travail à la ferme avant de partir. L'école se trouve à soixante kilomètres d'ici et il y a de nombreux arrêts sur la route. Comme je ne sais pas à quelle vitesse tu marches, je te conseille de te mettre en route à 6 heures demain, pour voir le temps que tu mets. Lève-toi à 4 h 30 pour t'acquitter de tes tâches avant de partir.

Elle lui donna un vieux réveil à moitié cassé. Sans doute l'avait-elle également déniché au dépôt-vente, songea Marie-Ange en le prenant. Le magasin regorgeait de vieux objets moches et usés dont les gens n'avaient plus l'utilité.

— D'après ce qu'on m'a dit, le bus te ramènera vers 4 heures de l'après-midi. Tu seras donc de retour vers 5 heures. Tu termineras ton travail en rentrant et tu feras tes devoirs après le dîner.

Les journées seraient longues pour Marie-Ange, obligée de supporter un quotidien épuisant, une vie de travail proche de l'esclavage. Pourquoi Tom ne la conduisait-il pas au moins à l'arrêt de bus ? Ravalant sa question, elle souhaita une bonne nuit à tante Carole et alla se coucher.

Elle eut l'impression d'avoir fermé les yeux cinq minutes lorsque le réveil sonna. Malgré la fatigue qui l'engourdissait, elle se leva prestement et se dirigea vers la cuisine. Comme sa tante n'était pas encore levée, elle se prépara trois tartines de confiture qu'elle dévora de bon appétit. Pourvu que cette dernière n'ait pas compté le nombre de tranches, en débarrassant la table la veille au soir…

Il faisait encore nuit quand elle se dirigea vers l'étable, un moment plus tard. Nuit toujours lorsqu'elle longea la route en direction de l'arrêt de bus. Carole était dans la cuisine quand elle quitta la ferme, mais elle ne prit pas la peine d'aller la saluer. Elle avait revêtu un pantalon et l'horrible sweat-shirt du dépôt-vente. Ses cheveux étaient bien coiffés mais, pour la première fois de sa vie, elle ne portait pas de ruban pour aller à l'école. Sophie n'était pas là pour lui faire signe sur le perron, Robert ne lui avait pas préparé de canard imbibé de café au lait et ni son père ni sa mère ne l'avait embrassée en la serrant tendrement dans leurs bras. Il n'y avait que les vastes plaines de l'Iowa baignées de silence et d'obscurité, barrées par cette route déserte. A quoi ressemblerait l'école, les enfants seraient-ils gentils avec elle ? Au fond, elle n'en avait cure. Pas un instant l'idée qu'elle puisse se faire des amis ne lui effleura l'esprit. Elle était condamnée à vivre comme une prisonnière, et sa tante était sa geôlière.

Une demi-douzaine d'enfants attendaient à l'arrêt de bus lorsqu'elle arriva. La plupart d'entre eux semblaient plus âgés qu'elle. Tous la dévisagèrent en silence. Les premiers rayons du soleil percèrent l'horizon et elle se souvint de ces matins à Marmouton où, allongée dans l'herbe au pied d'un arbre, elle regardait le ciel se nimber de rose et d'orangé. Le bus arriva enfin et elle monta avec les autres sans mot dire. Une heure plus tard, ils s'arrêtèrent devant un long bâtiment en brique, à côté d'autres bus qui déversaient des flots d'élèves, de tous âges confondus. Le complexe scolaire comprenait la maternelle, l'école primaire, le collège et le lycée, et les enfants des fermes environnantes y convergeaient tous, parcourant parfois plus de cent kilomètres pour y arriver. Marie-Ange pénétra dans le bâtiment d'un pas hésitant. Une jeune enseignante l'aborda aussitôt.

— Serais-tu la fille Collins ?

Marie-Ange secoua la tête.

— Je m'appelle Marie-Ange Hawkins, répondit-elle, prise au dépourvu.

Comment aurait-elle pu savoir que sa grand-tante l'avait inscrite au nom de Marie Collins ?

— Tu n'es pas la fille Collins ? répéta l'institutrice, perplexe.

C'était pourtant la seule nouvelle élève qu'ils avaient inscrite depuis la rentrée officielle, deux semaines plus tôt. Entendant son accent, elle conduisit Marie-Ange au bureau du proviseur. Le petit homme chauve et barbu la salua avec gravité, avant de lui indiquer sa salle de classe.

— Elle a l'air drôlement triste, cette petite, commenta-t-il après son départ.

— Elle arrive tout juste de France où elle vient de perdre ses parents et son frère, expliqua l'institutrice dans un murmure ; c'est sa grand-tante qui l'a recueillie.

— Quel est son niveau d'anglais ? s'enquit le proviseur.

— Son professeur principal va lui faire passer des tests.

Pendant qu'ils parlaient d'elle, Marie-Ange traversa le hall et emprunta un couloir qui la mena jusqu'à une salle de classe très animée. Le professeur n'était pas encore arrivé et les élèves criaient et riaient, déchaînés. Des boulettes de papier volaient dans la pièce. Aucun d'eux ne lui adressa la parole, quand elle entra. Elle trouva une place au dernier rang, à côté d'un garçon aux cheveux roux et aux yeux aussi bleus que les siens. Son visage était constellé de taches de rousseur. Marie-Ange aurait préféré s'asseoir à côté d'une fille, mais toutes les places étaient prises.

— Bonjour, lança le garçon en baissant les yeux.

Marie-Ange le dévisagea brièvement, avant de reporter son attention sur le professeur qui venait d'arriver. Au bout d'une heure, celle-ci remarqua enfin sa présence et lui remit une liasse de feuillets destinés à évaluer ses compétences en lecture, en écriture et en compréhension de la langue anglaise. Les tests étaient relativement simples, Marie-Ange comprit tous les exercices mais elle écrivit ses réponses phonétiquement.

— Tu ne sais pas écrire ? demanda son voisin, en examinant sa feuille d'un air surpris. Et ça vient d'où, ce nom, « Maree-Angee » ? ajouta-t-il en prononçant son prénom d'une étrange manière.

Marie-Ange posa sur lui un regard très digne.

— Je suis française. Mon père est américain, ajouta-t-elle, incapable de parler de lui au passé.

— Tu parles français ? demanda le garçon, intrigué.

— Bien sûr.

— Tu pourrais me donner des cours ?

Un sourire timide étira les lèvres de Marie-Ange.

— Tu veux que je t'apprenne à parler français ?

Il hocha la tête en souriant à son tour.

— Oui ! Ce serait une sorte de langage secret que personne ne comprendrait, à part nous.

L'idée les séduisait tous les deux et quand arriva l'heure de la récréation, son voisin de classe la suivit dans la cour. Il la trouvait très belle, avec ses boucles blondes et ses grands yeux bleus, mais il se garda bien de le lui dire. Il avait douze ans, un an de plus que Marie-Ange. A cause d'une crise de rhumatisme articulaire aigu, il avait perdu une année d'école. Dans la cour de récréation, il resta auprès de Marie-Ange comme s'il voulait la protéger. Il s'appelait Billy Parker, et Marie-Ange lui apprit à prononcer correctement son prénom, son premier cours de français. Elle rit de bon cœur en l'entendant s'exercer.

Ils déjeunèrent ensemble ce jour-là ; d'autres élèves vinrent lui parler, mais Billy était le seul vrai camarade qu'elle s'était fait quand elle reprit le bus avec lui, dans l'après-midi. Il habitait à mi-chemin entre la ferme de sa grand-tante et l'école et il promit de passer la voir un jour, peut-être le week-end, pour qu'ils fassent leurs devoirs ensemble. Marie-Ange le fascinait et déjà, il parlait avec animation des cours de français qu'ils organiseraient tous les deux, pour le plus grand plaisir de la petite fille.

Le lendemain, elle lui parla de l'accident qui avait coûté la mort à ses parents et à son frère. Lorsqu'elle décrivit sa grand-tante, une expression horrifiée se peignit sur le visage du jeune garçon.

— Elle n'a pas l'air très sympa, dis donc, observa-t-il d'un ton compatissant.

Billy habitait une ferme avec ses parents et ses sept frères et sœurs. Son père cultivait le maïs ; il élevait aussi un peu de bétail. Billy lui proposa gentiment de venir l'aider aux travaux de la ferme. Malgré leur amitié naissante, Marie-Ange se garda de mentionner son existence à tante Carole lorsqu'elles dînèrent ensemble, le soir venu. Celle-ci ne la questionna pas sur sa journée à l'école. A la ferme, les repas se prenaient en silence.

Le samedi suivant, Billy vint la voir à vélo. Il remonta l'allée en faisant de grands signes de la main. Une bouffée de joie envahit Marie-Ange lorsqu'elle l'aperçut ; il lui avait dit qu'il passerait la voir pour son cours de français mais elle n'y avait pas vraiment cru. Ils bavardaient avec animation quand une détonation les fit brutalement sursauter. Marie-Ange se tourna vers la maison : assise dans son fauteuil, sous le porche, tante Carole tenait un fusil. Elle avait tiré en l'air et dardait sur eux un regard menaçant.

— Fiche le camp d'ici ! cria-t-elle à l'adresse de Billy qui la dévisageait avec stupeur.

Marie-Ange tremblait comme une feuille.

— C'est un camarade de classe, tante Carole, expliqua-t-elle précipitamment.

— C'est une propriété privée, ici !

— Je suis venu voir Marie-Ange, fit Billy d'un ton poli en s'efforçant de masquer sa peur.

La vieille femme semblait sur le point de le tirer comme un lapin.

— Je n'aime pas les étrangers ; personne ne t'a invité à venir ici. Monte sur ton vélo et dépêche-toi de filer. Que je ne te revoie plus jamais ici, c'est compris ?

— Oui, m'dame, répondit Billy en enfourchant son vélo.

Il jeta un coup d'œil en direction de Marie-Ange qui observait la scène, pétrifiée.

— Désolé... je ne pensais pas la mettre en colère, murmura-t-il d'un ton penaud. On se voit lundi à l'école.

— C'est moi qui suis désolée, déclara Marie-Ange aussi fort qu'elle osa.

Elle le regarda pédaler à toute vitesse jusqu'au bout de l'allée puis se dirigea vers sa grand-tante à contrecœur. Pour la première fois depuis son arrivée, elle ressentait de la haine pour la vieille femme qu'elle n'avait fait que craindre jusqu'ici.

— Dis à tes amis de ne pas mettre les pieds ici, Marie. Je n'ai aucune envie de voir ces jeunes chenapans traîner leurs guêtres chez moi. En plus, tu n'as pas terminé ton travail, ajouta Carole Collins en posant le fusil sur ses genoux.

Elle fixa sa petite-nièce avec attention.

— Il est hors de question que tu reçoives de la visite, c'est clair ?

— Oui, m'dame.

Sans un mot de plus, Marie-Ange retourna à l'étable. Cet incident et la peur qui les avait submergés, Billy et elle, ne firent que renforcer le lien d'amitié qui les unissait déjà. Lorsqu'il lui téléphona ce soir-là, sa grand-tante lui tendit le combiné avec un grognement désapprobateur.

— Tout va bien ?

Billy s'était fait un sang d'encre en rentrant chez lui. La vieille était folle, et l'idée que Marie-Ange soit obligée de vivre chez elle l'attristait profondément. Sa famille à lui était chaleureuse et accueillante ; il avait le droit de recevoir tous les amis qu'il souhaitait une fois qu'il s'était acquitté de ses menues corvées.

— Ça va, oui, répondit-elle à mi-voix.

— Elle n'a rien tenté contre toi, après mon départ ?

— Non ; elle m'a simplement interdit d'inviter des amis, expliqua-t-elle quand sa tante eut quitté la cuisine. Je te donnerai ton cours de français à l'école lundi, à l'heure du déjeuner.

— Prends garde qu'elle ne te tire pas dessus, fit Billy avec toute la gravité d'un garçon de douze ans. A lundi... au revoir, Marie-Ange.

— Au revoir, Billy.

Elle raccrocha, regrettant aussitôt de ne pas l'avoir remercié pour son appel. Il était son seul lien avec le monde extérieur. Dans la vie de désolation qu'elle menait désormais, son amitié était un rayon de soleil.

4

Au fil des années, leur amitié s'épanouit pour devenir un lien solide qui leur donnait de la force à tous les deux. Peu à peu, ils devinrent aussi complices qu'un frère et une sœur. Lorsque Billy eut quatorze ans et Marie-Ange treize, leurs amis commencèrent à les taquiner gentiment. Etaient-ils amis... ou amoureux ? Marie-Ange protestait avec véhémence, elle qui s'était accrochée à Billy comme à un rocher en pleine tempête. Depuis qu'ils se connaissaient, il l'appelait tous les soirs chez sa tante. L'existence qu'elle menait auprès de Carole Collins était toujours aussi morose, mais la simple idée de retrouver Billy tous les jours suffisait à lui réchauffer le cœur. Elle allait le voir chez lui le plus souvent possible. La ferme de ses parents était une sorte de refuge pour elle, un havre de paix et de chaleur. Pendant les vacances, elle filait chez eux, dès qu'elle avait terminé son travail. La famille de Billy était tellement gentille, tellement prévenante à son égard ! Ils étaient tout ce qu'elle avait, à présent. Même Sophie avait disparu de son existence ;

Marie-Ange lui avait écrit régulièrement pendant deux ans mais n'avait jamais reçu de réponse. Etonnée par ce long silence, elle craignait qu'il ne lui soit arrivé un malheur.

A certains égards, Billy avait remplacé Robert dans son cœur. Comme promis, elle lui avait appris le français pendant la pause déjeuner et les récréations. A l'âge de quatorze ans, Billy parlait français presque couramment, et ils conversaient souvent dans cette langue à l'école. Billy appelait ça leur langage secret. Quant à Marie-Ange, elle parlait anglais quasiment sans accent, désormais.

Alors qu'ils se dirigeaient vers l'arrêt de bus un après-midi, Billy lui fit une confession stupéfiante.

— Je t'aime, murmura-t-il d'une voix rauque, les yeux rivés sur le bitume.

Marie-Ange s'arrêta net, interloquée.

— C'est la chose la plus ridicule que j'aie jamais entendue. Comment peux-tu dire ça ?

Sa réaction le décontenança. Ce n'était pas du tout la réponse qu'il avait espéré.

— Je t'aime, c'est la vérité, insista-t-il en choisissant de s'exprimer en français, afin que les autres ne comprennent pas.

— C'est que tu es vraiment bête, alors ! répliqua-t-elle avec une pointe d'exaspération dans la voix.

Elle le dévisagea un moment avant d'éclater de rire.

— Moi aussi, je t'aime, c'est vrai, concéda-t-elle finalement. Comme une sœur aime son frère. Pourquoi est-ce que tu fiches tout en l'air avec tes bêtises ? conclut-elle, bien décidée à ne pas le laisser gâcher leur amitié.

Billy fronça les sourcils.

— Ce n'était pas mon intention.

Avait-il mal formulé sa pensée ? Aurait-il dû attendre un moment plus propice ? Une des visites de Marie-Ange à la ferme de ses parents, peut-être ? Ils étaient rarement seuls et les choses se compliquaient encore pendant les vacances scolaires. Ils prenaient alors leur vélo, chacun de leur côté, et se retrouvaient à un endroit qu'ils avaient découvert l'année précédente. Il leur arrivait de passer plusieurs heures, assis au bord de ce petit ruisseau, à parler de leur vie et de leur famille, de leurs rêves et de leur avenir. Marie-Ange n'avait jamais caché son désir de retourner en France lorsqu'elle aurait dix-huit ans. Dès qu'elle serait en âge de travailler, elle chercherait un petit emploi pour pouvoir se payer le billet d'avion. Un jour, Billy avait dit qu'il partirait avec elle, mais pour lui, le rêve était encore plus irréalisable.

La vie reprit son cours après l'épisode de la déclaration ; loin de s'abîmer, leur amitié se consolida encore jusqu'à cette journée d'été, l'année suivante, où ils s'étaient donné rendez-vous dans leur refuge secret. Marie-Ange avait apporté une Thermos de limonade et ils bavardèrent à bâtons rompus, plusieurs heures durant, quand tout à coup Billy se pencha vers elle et l'embrassa. Il avait quinze ans et Marie-Ange tout juste quatorze ; cela faisait trois ans qu'ils étaient amis. Son baiser la prit au dépourvu mais elle ne protesta pas aussi vigoureusement que l'année précédente, quand il lui avait avoué son amour. Sur le moment, ils ne firent aucun commentaire ; quand ils se revirent le surlendemain, Marie-Ange prit son courage à deux mains pour lui livrer le fond de sa pensée. Elle n'avait pas envie de sortir du cadre de l'amitié. Avec des mots empreints de candeur, elle lui fit comprendre que l'amour lui faisait peur.

— Pourquoi ? demanda-t-il doucement, en effleurant sa joue du bout des doigts.

Billy était devenu un beau et grand jeune homme qui lui rappelait parfois son père et son frère. Elle adorait le taquiner au sujet de ses taches de rousseur.

— Pourquoi as-tu peur de l'amour, Marie-Ange ?

Ils parlaient en anglais, ce jour-là, car même si Billy parlait français couramment — Marie-Ange lui avait même appris des expressions d'argot qu'il avait hâte d'utiliser pour impressionner son professeur de français, au lycée —, l'anglais demeurait leur langue de tous les jours. Tous deux s'apprêtaient à entrer au lycée en septembre, toujours dans le même complexe scolaire.

— Parce que j'ai peur que notre amitié en pâtisse, répondit Marie-Ange avec gravité. Si tu tombes amoureux de moi, un jour on finira par se lasser l'un de l'autre ; résultat : on aura tout perdu. Alors que si on reste amis, on ne se déchirera jamais.

C'était un raisonnement logique et Marie-Ange resta fermement sur ses positions, en dépit des railleries de leurs camarades qui avaient du mal à croire que leur relation demeurait purement amicale. Même tante Carole se montrait soupçonneuse ; ses remarques blessantes à l'égard de Billy irritaient profondément Marie-Ange, qui s'abstenait toutefois de répliquer.

Leur amitié continua de grandir au lycée. Marie-Ange ne manqua aucun des matchs de basket auxquels participa Billy et celui-ci assista à toutes les pièces de théâtre dans lesquelles elle joua. A la fin de leur année de terminale, ils se rendirent ensemble à la grande soirée des jeunes diplômés. A l'exception de quelques flirts sans importance, Billy ne sortait avec aucune autre fille. De son côté, Marie-Ange continuait à clamer son indifférence pour les choses de l'amour. Elle n'avait qu'un seul objectif : terminer ses études et retourner en France. De toute façon, sa grand-tante lui aurait interdit de sortir avec un garçon. Elle avait des idées bien arrêtées sur le sujet et n'aurait reculé devant rien pour les mettre en œuvre. Depuis que Marie-Ange était arrivée à la ferme, elle n'avait cessé de brandir la menace de l'orphelinat. Le jour de la grande soirée de fin d'année, Dieu merci, elle autorisa sa petite-nièce à se rendre au bal en compagnie de Billy.

Ce soir-là, il vint chercher Marie-Ange au volant du pick-up de son père. Dans un élan inaccoutumé de clémence, tante Carole lui avait permis d'acheter une robe en satin bleu glacier qui rappelait la couleur de ses yeux et rehaussait les reflets dorés de ses cheveux ondulés. Elle était ravissante. Billy tomba aussitôt sous le charme.

Ils passèrent une merveilleuse soirée. Entre deux danses, ils parlèrent longuement de la bourse universitaire que Marie-Ange avait décrochée, mais qu'elle ne pouvait malheureusement pas utiliser. Quatre-vingts kilomètres séparaient l'université d'Ames de la ferme de tante Carole et cette dernière refusait catégoriquement de lui prêter un véhicule. Elle avait besoin de Marie-Ange à la ferme ; il était hors de question qu'elle l'aide.

Cette décision scandalisait Billy.

— Tu dois *absolument* aller à l'université, Marie-Ange ! Tu ne vas tout de même pas trimer comme ça toute ta vie.

Elle avait nourri le secret espoir de retourner en France pour ses dix-huit ans ; hélas, son rêve ne se réaliserait pas tout de suite, faute d'argent. Carole la retenait à la ferme, l'empêchant de trouver du travail. D'une certaine manière, Marie-Ange se sentait redevable envers cette tante qui l'avait recueillie sept ans plus tôt — une éternité. A présent, même l'université ressemblait à un beau rêve inaccessible. Si la bourse d'études payait les frais d'inscription, elle ne couvrait ni les livres, ni le logement, ni la nourriture. Même si elle se débrouillait pour trouver un petit boulot, son salaire ne suffirait pas à régler toutes les dépenses. La seule solution consisterait à faire le trajet tous les jours, depuis la ferme de sa grand-tante. Si seulement celle-ci consentait à lui donner un petit coup de pouce...

— Bon sang, Marie-Ange, tout ce qu'il te faut, c'est une voiture, rien d'autre ! tempêta Billy sur la route du retour.

Ils n'avaient parlé que de ça toute la soirée.

— Eh bien, figure-toi que je n'en ai pas. Je vais refuser la bourse la semaine prochaine, fit Marie-Ange d'un ton posé.

Ravalant tant bien que mal sa déception, elle avait décidé de chercher activement du travail dans la région pour financer son voyage en France. Elle y passerait quelques semaines avant de revenir aux Etats-Unis. Elle aurait aimé y rester plus longtemps, y vivre même, mais comment trouver du travail alors qu'elle ne connaissait plus personne là-bas ? Elle n'avait suivi aucune formation, ne possédait aucune compétence particulière. Elle maîtrisait uniquement les travaux de la ferme, à l'instar de Billy qui, lui, souhaitait entrer dans une école d'agriculture. Son rêve était de reprendre l'exploitation de son père, quand celui-ci prendrait sa retraite ; malgré les réticences de ce dernier, il nourrissait l'ambition de moderniser les installations en place. Pour lui, Marie-Ange méritait plus que quiconque d'entrer à l'université, et l'attitude bornée de Carole Collins le mettait hors de lui. Même son père le poussait à faire des études. Il ne pourrait certes pas suivre tous les cours, sa présence étant indispensable au bon fonctionnement de l'exploitation, mais son père l'encourageait malgré tout dans cette voie. Aussi demanda-t-il à Marie-Ange d'attendre encore un peu avant de refuser la bourse. Elle avait tout l'été pour donner sa réponse. D'ici là, elle trouverait peut-être le moyen d'amadouer sa tante.

Malgré cela, l'ambiance était à la joie et à la bonne humeur lorsqu'ils rentrèrent du bal. Ils étaient heureux de quitter le lycée, diplôme en poche.

— Tu te rends compte, ça fera bientôt sept ans qu'on est amis, déclara Marie-Ange d'une voix empreinte de fierté.

Sept ans s'étaient écoulés depuis la disparition tragique de sa famille. Sept années qui paraissaient parfois quelques minutes, parfois une éternité. Il lui arrivait encore de rêver d'eux la nuit ; elle revoyait aussi le château de Marmouton dans ses moindres détails, comme si elle l'avait quitté la veille.

— Tu es ma seule famille, reprit-elle en regardant le jeune homme.

Il esquissa un sourire. Les deux jeunes gens vouaient un profond mépris à Carole Collins. Toutefois, pour des raisons qui échappaient à Billy, Marie-Ange continuait à lui obéir docilement. Certes, Carole l'avait hébergée et nourrie, mais elle l'avait aussi exploitée sans scrupule, l'utilisant comme bonne à tout faire, aide-soignante et fille de ferme. Marie-Ange ne rechignait devant aucune corvée. La santé de sa grand-tante s'étant considérablement dégradée depuis deux ans, elle était obligée de travailler deux fois plus pour satisfaire ses exigences.

— Tu sais, nous pourrions former une vraie famille, tous les deux, commença Billy d'un ton prudent.

Il se tourna brièvement vers elle, un léger sourire aux lèvres. Marie-Ange fronça les sourcils. Elle n'aimait pas quand il parlait ainsi ; pour elle, les choses étaient claires : Billy et elle étaient très proches, certes, mais comme un frère peut l'être de sa sœur. Forçant son courage, Billy alla jusqu'au bout de ses pensées.

— Nous pourrions nous marier.

— Ne sois pas ridicule, Billy, je t'en prie. D'abord, où habiterions-nous si nous étions mariés ? Nous n'avons ni travail, ni économies, conclut-elle fermement.

— On pourrait vivre chez mes parents, observa Billy avec douceur.

Il aurait tant aimé qu'elle dise oui ! Il venait d'avoir dix-neuf ans et Marie-Ange fêterait bientôt ses dix-huit ans ; elle pourrait se marier sans avoir à demander l'autorisation de sa grand-tante.

— Pourquoi pas chez ma tante ? répliqua Marie-Ange d'un ton espiègle. Je suis sûre qu'elle serait ravie. Tu pourrais m'aider à la ferme.

Elle rit de sa blague avant de reprendre son sérieux.

— Désolée, Billy, nous ne nous marierons pas. Je veux trouver du travail pour retourner en France l'an prochain.

Ainsi, elle n'avait pas renoncé à son rêve. Billy aurait aimé l'accompagner. Ici, dans l'Iowa, son français ne lui était d'aucune utilité. Ç'aurait été l'occasion rêvée de pratiquer davantage.

— Personnellement, je préférerais que tu entres à l'université à l'automne. Attendons de voir ce qui va se passer.

— C'est ça, un ange tombé du ciel va résoudre tous mes problèmes ! s'exclama Marie-Ange d'un ton rieur. Il déposera à mes pieds une montagne de billets de banque et je m'inscrirai à l'université ; quant à tante Carole, elle m'aidera à boucler mes valises et me couvrira de baisers affectueux quand je partirai. Que dis-tu de ça, Billy ?

— Qui sait ? murmura-t-il d'un air énigmatique.

Dès le lendemain, il s'attela à la réalisation de son projet. Il lui fallut tout l'été pour le concrétiser. Son frère Jack qui travaillait à temps partiel dans un garage en ville l'aida à trouver toutes les pièces dont il avait besoin. Le premier jour du mois d'août, il apporta sa surprise à Marie-Ange. La vieille Chevrolet remonta l'allée de la ferme en pétaradant. Le moteur tournait bruyamment, mais elle roulait bien. Il l'avait peinte en rouge vif ; l'intérieur en cuir noir était en excellent état.

Il se gara devant la maison et jeta un regard méfiant en direction de Carole avant de descendre. C'était la troisième fois en sept ans qu'il venait voir Marie-Ange chez elle. Le souvenir de sa première visite restait gravé dans son esprit.

— Billy ! Où as-tu dégoté ce bolide ? demanda Marie-Ange en sortant de la cuisine, un torchon à la main. Elle est à qui ?

— Je l'ai réparée tout seul ; j'ai commencé à la bricoler le lendemain de la remise des diplômes. Tu veux l'essayer ?

Cela faisait des années que Marie-Ange avait appris à conduire les tracteurs et les fourgonnettes de la ferme. Elle prenait souvent le pick-up pour emmener sa tante en ville ou faire quelques courses. Ravie, elle se glissa au volant. C'était une belle voiture, malgré son grand âge. La carrosserie étincelait sous le soleil du matin. « Peau de chamois, salive et huile de coude », déclara fièrement le jeune homme. Elle quitta le chemin et roula un moment sur l'autoroute, Billy à ses côtés. C'est à contrecœur qu'elle reprit le chemin de la ferme. Elle devait encore préparer le dîner de sa tante.

— Où comptes-tu aller avec ? A la messe le dimanche matin ? demanda-t-elle en le gratifiant d'un sourire mutin.

Malgré ses cheveux clairs, elle ressemblait de plus en plus à sa mère.

— Non. Je lui réserve un destin bien plus passionnant, répondit-il, sibyllin.

Il était fier de son « œuvre » et une vague d'amour gonflait son cœur, cet amour qu'elle n'accepterait jamais, elle qui le considérait comme son frère.

— Puis-je savoir lequel ? demanda-t-elle, partagée entre l'amusement et la curiosité.

Elle s'engagea en douceur dans l'allée de la ferme.

— Figure-toi que tu es au volant d'un bus scolaire.

— Un bus scolaire ? Désolée, mais je ne comprends pas…

— Tu vas te dépêcher d'accepter ta bourse d'études. Il ne te reste plus qu'à trouver de l'argent pour les livres. Avec cette voiture, Marie-Ange, tu pourras aller à l'université tous les jours.

En proie à une vive émotion, Marie-Ange posa sur lui un regard embué. Billy se retint de l'embrasser. Il ne voulait surtout pas gâcher cet instant magique.

— Tu vas me la prêter ? demanda-t-elle en français.

Elle n'arrivait pas à y croire ! Son étonnement grandit encore quand il secoua la tête.

— Je ne te la prête pas, Marie-Ange. Je te l'offre. Cette voiture est à toi. Ce sera ton bus scolaire particulier !

— Oh mon Dieu, Billy ! Je n'arrive pas à y croire ! s'écria-t-elle en l'enlaçant par le cou pour le serrer dans ses bras. C'est vrai, dis ?

Elle s'écarta légèrement et plongea son regard dans le sien. C'était le plus beau cadeau qu'on lui avait jamais fait… Grâce à Billy, ses rêves allaient enfin pouvoir se réaliser !

— Bien sûr que c'est vrai. Cette voiture t'appartient.

Bouleversée, Marie-Ange essuya ses larmes.

— Que dirais-tu de me déposer chez moi avant que ta chère tante ne fasse irruption, armée de son vieux fusil ?

Ils éclatèrent de rire et Marie-Ange alla prévenir sa tante qu'elle serait de retour dans un moment. Elle ne lui dit rien pour la voiture, elle lui expliquerait plus tard.

Billy prit le volant et la jeune fille s'installa à côté de lui. Pendant tout le trajet, elle ne cessa de s'extasier devant le merveilleux cadeau qu'il lui avait fait. Pourrait-elle jamais le remercier ?

— Il faut absolument que tu ailles à l'université, si tu veux partir d'ici un jour, déclara Billy avec gravité.

Pour lui, les choses étaient différentes. Il s'était engagé à aider sa famille à la ferme et c'était un combat de tous les jours qu'il livrait avec les siens pour conserver l'exploitation familiale. Il savait en revanche que Marie-Ange apprécierait son geste, puisque c'était un peu de liberté qu'il lui offrait avec cette voiture.

— Je n'arrive pas à croire que tu aies fait ça pour moi, murmura la jeune fille, encore sous le choc.

Elle avait toujours voué à Billy un respect profond et sincère mais ce jour-là, sa gratitude était sans borne.

Le sourire de Billy s'épanouit. La joie qui illuminait le visage de son amie le rendait heureux, tout simplement. Sa réaction euphorique avait été à la hauteur de ses espérances. Il était fou amoureux de Marie-Ange ; tout lui plaisait en elle.

Après l'avoir déposé chez lui, elle se dépêcha de rentrer. Pendant le dîner, elle annonça l'incroyable nouvelle à sa tante, qui lui défendit fermement d'accepter le cadeau de Billy.

— Ce n'est pas correct d'accepter un tel présent, même si vous avez l'intention de vous marier, tous les deux, fit-elle observer d'un ton sévère.

— Nous sommes amis, rien d'autre, intervint Marie-Ange.

— Alors tu ne peux pas garder cette voiture, répéta tante Carole, inflexible.

Pour la première fois depuis qu'elle vivait avec elle, Marie-Ange n'avait pas l'intention de céder. Il était hors de question qu'elle renonce à ses études pour satisfaire les caprices de cette vieille harpie. Sept années durant, tante Carole l'avait privée de tout : de tendresse, de nourriture, d'amour et d'argent. Elles avaient mené côte à côte une vie d'abnégation et de sacrifice. Et comme si cela ne suffisait pas, elle voulait à présent la priver de ses études ! Cette fois, Marie-Ange lui tiendrait tête.

— Pourquoi tiens-tu tant à aller à l'université ? Qu'est-ce que tu veux faire plus tard ? Docteur ? railla sa tante en haussant les épaules.

— Je ne sais pas encore quelle voie je choisirai, répliqua posément la jeune fille.

Elle savait en tout cas qu'elle ne deviendrait pas comme sa tante, grand Dieu non ! Elle ne croupirait pas dans cette sinistre ferme de l'Iowa, elle aspirait à une vie plus ouverte, plus animée... plus trépidante. Un jour viendrait où elle pourrait enfin partir et ce jour-là serait synonyme de nouveaux horizons. Mais si elle voulait que ses rêves se réalisent, elle devait d'abord étudier à l'université, Billy avait raison.

— De quoi auras-tu l'air au volant de cette vieille guimbarde ? Ce sera encore pire quand les gens apprendront qui te l'a offerte, crois-moi !

— Je m'en fiche, rétorqua Marie-Ange. Je suis fière de cette voiture.

— Pourquoi ne veux-tu pas l'épouser, ce gars-là ? demanda Carole à brûle-pourpoint.

Ce n'était pas la première fois qu'elle sondait sa petite-nièce, davantage guidée par la curiosité que par un intérêt réel. Elle n'avait jamais compris la relation qu'entretenaient les deux jeunes gens et, au fond, cela lui importait peu.

— Parce que je le considère comme mon frère. Et puis, je n'ai pas envie de me marier. Je veux retourner chez moi, un jour.

— C'est ici, chez toi, fit observer Carole.

Marie-Ange soutint son regard froid sans ciller. Carole Collins lui avait donné un toit, une adresse et une kyrielle de corvées, mais à aucun moment elle ne lui avait fait don d'amour, de gentillesse, de compassion ou d'affection. Cette femme n'avait aucun sens de la famille. Elles célébraient à peine Noël et Thanksgiving, les deux fêtes familiales par excellence.

Marie-Ange n'était pas la fille de son neveu décédé, c'était sa domestique. Aussi étrange que cela pût paraître, Billy et sa famille s'étaient montrés mille fois plus attentionnés envers elle que sa propre tante.

Billy venait de lui offrir le moyen de fuir sa sinistre prison et elle avait la ferme intention de saisir l'opportunité, dût-elle se fâcher avec sa tante.

Sans un mot, Marie-Ange débarrassa la table. Lorsque Carole eut regagné sa chambre, elle appela Billy.

— Je voulais simplement te dire à quel point je t'aime, à quel point tu comptes pour moi, dit-elle en français, d'une voix nouée par l'émotion.

A l'autre bout du fil, Billy ferma les yeux. Si seulement ses paroles avaient le sens qu'il aurait aimé leur donner ! Mais le jeune homme s'était fait une raison, depuis toutes ces années. Et puis, Marie-Ange était sincère quand elle disait qu'elle l'aimait.

— Tu es la personne la plus merveilleuse que je connaisse, ajouta-t-elle dans un murmure.

— Pas aussi merveilleuse que toi, répondit-il galamment. Je suis heureux que mon cadeau te plaise, Marie-Ange. J'aimerais tant que tu puisses partir d'ici, un jour. Tu le mérites.

— Peut-être partirons-nous ensemble, fit Marie-Ange d'un ton plein d'espoir.

Aucun d'eux n'y croyait vraiment. La vie de Billy était ici, parmi les siens, ils le savaient pertinemment l'un et l'autre. L'avenir de Marie-Ange était ailleurs et, s'il lui restait encore un long chemin à parcourir avant de pouvoir réaliser son rêve, il lui paraissait tout à coup plus accessible... grâce à Billy.

5

Marie-Ange entra à l'université au début du mois de septembre, juste après le *Labor Day*, la fête du Travail. Elle quitta la ferme à 6 heures du matin, au volant de la Chevrolet que Billy avait retapée pour elle. La veille au soir, tante Carole s'était enfermée dans un mutisme hostile. Comme d'habitude, la jeune fille avait reçu un coup de téléphone de Billy, qui voulait lui souhaiter bonne chance. Elle avait promis de s'arrêter sur le chemin du retour, le lendemain, pour lui raconter sa journée. Hélas, elle quitta l'université trop tard pour tenir sa promesse. Après les cours, elle acheta les ouvrages demandés par les professeurs avec l'argent qu'elle avait emprunté à Tom, puis se hâta de rentrer à la ferme pour préparer le dîner de sa tante.

Le lendemain matin, elle se leva plus tôt, s'acquitta rapidement de ses corvées et fit une halte chez Billy, en partant à l'université. Il était 7 h 30 et son premier cours n'était qu'à 10 heures. Les deux jeunes gens discutèrent un moment dans la grande cuisine accueillante. Les appareils électroménagers montraient des signes de fatigue et le comptoir en Formica était fendillé à de multiples endroits ; au sol, le linoléum était maculé de taches indélébiles. Pourtant, la mère de Billy veillait à ce que la pièce soit toujours d'une propreté immaculée. Il régnait une atmosphère chaleureuse dans la maison des Parker. Marie-Ange se sentait chez elle ici, un peu comme dans la cuisine de Marmouton. Les parents du jeune homme lui témoignaient l'affection et la gentillesse dont la privait complètement sa tante. Alertée par une de ses filles, la mère de Billy pensait que les deux jeunes gens se marieraient un jour. Quelle que fût la nature de sa relation avec leur fils, les Parker aimaient Marie-Ange comme leur propre fille.

— Alors, comment s'est passée cette rentrée ? demanda Billy en l'entraînant dans la cuisine.

Il prépara deux tasses de café.

— C'était génial, répondit Marie-Ange, radieuse. L'ambiance est très sympa. J'aimerais tant que tu sois là-bas avec moi !

L'école de Billy se trouvait à Fort Dodge et il travaillait beaucoup par correspondance.

— Moi aussi, fit-il en lui rendant son sourire.

Il regrettait déjà le bon temps où ils se voyaient tous les jours à l'école. A l'heure du déjeuner, ils s'installaient tous les deux à une table et parlaient à bâtons rompus, toujours en français. C'était une époque révolue, à présent. Il se partageait entre ses cours et les travaux de la ferme. Quant à Marie-Ange, elle entamait une nouvelle vie ; une vie trépidante, faite de rencontres et d'échanges intellectuels.

Les gens qu'elle allait côtoyer désormais avaient de grands projets, tous partageaient la même ambition : réussir leur vie professionnelle. Billy, lui, passerait le restant de ses jours à la ferme. Cette pensée l'attristait parfois, même s'il était heureux pour Marie-Ange. Après les sept années de labeur qu'elle avait vécues chez sa grand-tante, elle méritait d'aller jusqu'au bout de ses rêves.

Une heure plus tard, elle prit congé en promettant de repasser le lendemain matin. Les deux jeunes gens se virent souvent pendant ces années universitaires, bien plus, en fait, que ce qu'ils avaient imaginé. Marie-Ange ne tarda pas à trouver un travail de serveuse, le week-end, dans un petit restaurant du coin. Elle put ainsi rembourser le métayer qui lui avait gentiment avancé l'argent de ses livres. Son train de vie s'améliora sensiblement. Tante Carole avait toujours refusé de lui prêter le moindre sou, arguant qu'elle n'avait qu'à faire comme tout le monde : travailler pour gagner son pain. Malgré son emploi du temps chargé — elle jonglait en permanence avec les corvées de la ferme, son travail de serveuse et ses études —, elle continua à s'arrêter chez Billy tous les jours. De temps en temps, ce dernier venait dîner au restaurant où elle travaillait et ils allaient parfois au cinéma ensemble.

Marie-Ange entamait sa deuxième année quand Billy lui annonça qu'il avait une petite amie, ajoutant aussitôt qu'elle continuerait à occuper une place spéciale dans son cœur. Leur amitié enfantine s'était transformée en un lien puissant, indéfectible. Loin d'être jalouse, Marie-Ange se prit d'affection pour la petite amie de Billy. Mais à Noël de la même année, ce dernier décida de rompre. Comparée à Marie-Ange, si vive, si brillante… si distinguée, aussi, la jeune fille qu'il fréquentait lui parut tout à coup bien terne.

Billy fêta ses vingt et un ans peu de temps avant que Marie-Ange entame son année de licence. Ce fut une période difficile pour elle. Tante Carole tombait fréquemment malade. Au fil des mois, sa santé se dégradait. A soixante-dix-neuf ans, elle conservait pourtant sa dureté et sa froideur, mais sa carapace se fendillait par endroits, inexorablement. De temps en temps, Marie-Ange éprouvait un élan de compassion pour cette femme au cœur de pierre qui voyait ses forces s'amenuiser de jour en jour. Billy, lui, continuait de la haïr sans demi-mesure. Il la détestait pour tout ce qu'elle faisait subir à Marie-Ange, depuis tant d'années. « Une femme méchante et bornée »… La jeune fille avait bien été forcée d'approuver le jugement sans appel de son pauvre père. Malgré tout, elle s'était habituée à la personnalité revêche de sa tante et lui était reconnaissante de l'avoir recueillie après le décès de ses parents. Aussi continuait-elle à s'en occuper de son mieux. Le soir, elle veillait à lui préparer ses repas du lendemain ; les rations qu'elle prévoyait étaient beaucoup plus copieuses que ce que lui avait servi Carole pendant toutes ces années.

Peu avant Noël, le fauteuil de Carole Collins glissa sur une plaque de verglas alors qu'elle se rendait à l'étable et elle bascula en avant sans pouvoir se retenir. Elle fut hospitalisée d'urgence : elle souffrait d'une fracture à la hanche.

Pour la première fois, Marie-Ange passa le jour de Noël avec Billy. Ce fut une fête merveilleuse, le Noël le plus joyeux qu'elle ait connu depuis son arrivée aux Etats-Unis. Pleine d'entrain, elle aida les frères et les sœurs de Billy à décorer le sapin en chantant des cantiques de Noël. Ils échangèrent des cadeaux et savourèrent un délicieux repas dans une ambiance gaie et festive. En fin d'après-midi, Marie-Ange apporta à sa tante un peu de dinde aux marrons. Hélas, la vieille femme était encore trop faible pour pouvoir manger de bon appétit. Marie-Ange eut un petit pincement au cœur en la voyant allongée sur son lit d'hôpital, si chétive qu'elle semblait sur le point de se briser.

La jeune fille passa également le réveillon du Jour de l'An en compagnie de Billy, avec ses frères et sœurs. Ils dansèrent, rirent et bavardèrent jusque tard dans la nuit. Une des sœurs de Billy, légèrement éméchée, la taquina gentiment : quand allait-elle enfin se décider à épouser son pauvre frère ?

— A cause de toi, Marie-Ange, il est incapable de tomber amoureux d'une autre fille ! lança-t-elle d'un ton espiègle. Et puis, s'il ne t'épouse pas, à quoi lui servira son français ?

Malgré l'amusement qui perçait dans sa voix, Marie-Ange sentit une bouffée de culpabilité la submerger. Elle confia son malaise à Billy un peu plus tard, alors qu'ils discutaient tranquillement sous le porche. Les autres étaient allés se coucher et, bien qu'il fît un froid glacial, ils étaient sortis tous les deux, chaudement emmitouflés, pour contempler le ciel piqueté d'étoiles.

— Arrête tes bêtises, la rabroua-t-il gentiment. Ma sœur raconte n'importe quoi. Ce n'est pas ta faute si je ne trouve pas l'âme sœur. Et puis je n'ai pas perdu mon temps avec toi, ajouta-t-il d'un ton rieur : nos vaches adorent la langue française. D'ailleurs, j'ai l'intention d'écrire un mémoire à ce sujet : je t'assure qu'elles donnent plus de lait quand je les trais en leur parlant français !

Un sourire malicieux étira ses lèvres. Blottis l'un contre l'autre sur le banc en bois, ils se tenaient par la main. Le contact de l'autre les réconfortait, même s'ils affirmaient qu'il s'agissait là d'un geste anodin.

— Tu finiras bien par te marier, déclara Marie-Ange, étonnée par la pointe de mélancolie qui perçait dans sa voix.

Un jour viendrait où leurs chemins se sépareraient, c'était inéluctable, mais ni l'un ni l'autre n'était encore prêt à franchir le pas.

— Je ne suis pas sûr d'en avoir vraiment envie, objecta Billy.

Sa sœur avait peut-être raison, au fond. Les sentiments qu'il éprouvait pour Marie-Ange étaient si forts qu'en comparaison aucune autre fille ne lui paraissait digne d'intérêt.

De son côté, Marie-Ange était heureuse ainsi ; ses études et l'amitié de Billy la comblaient pleinement. Elle aimait partager avec lui ses idées, ses secrets et ses rêves. En même temps, elle veillait à rester dans le cadre de l'amitié, redoutant de tout gâcher en y mêlant des sentiments plus profonds.

— Tu ne veux pas d'enfants ? demanda-t-elle, surprise par les paroles de son ami.

— Je ne sais pas. Peut-être me contenterai-je de la ribambelle de neveux et de nièces qui ne tardera pas à m'entourer.

Il l'enveloppa d'un long regard, heureux de se retrouver enfin seul avec elle.

— Toi, tu auras des enfants, c'est sûr. Et tu seras une mère formidable.

— J'ai du mal à m'imaginer dans ce rôle-là, avoua-t-elle.

Elle se rappelait à peine ce qu'était une vraie vie de famille, une vie comme elle avait eue avec ses parents et son frère, avant leur disparition tragique. Quelques souvenirs de cette belle époque ressurgissaient inconsciemment quand elle venait chez Billy. Elle se sentait bien au sein de cette famille aimante et chaleureuse, même si ce n'était pas vraiment la sienne. A de nombreux égards, elle demeurait quelqu'un de très solitaire.

Ils parlèrent encore un long moment avant d'aller se coucher. Cette nuit-là, Marie-Ange partagea la chambre de deux de ses sœurs. Le lendemain, elle rendit visite à sa tante, toujours alitée à l'hôpital. Son rétablissement fut long et laborieux. Elle séjourna un mois à l'hôpital ; de retour chez elle, elle dut garder la chambre pendant deux mois. Amaigrie et livide, elle n'était plus aussi impressionnante qu'avant ; sa méchanceté semblait s'atténuer au même rythme que ses forces physiques. Marie-Ange continua à s'occuper d'elle par habitude. Les deux femmes n'avaient plus rien à se dire.

Carole fêta ses quatre-vingts ans au mois d'avril et Marie-Ange eut vingt et un ans pendant l'été.

Cette même année, Tom, le métayer de Carole, annonça qu'il prenait sa retraite pour aller s'installer en Arizona, auprès des parents de sa femme. Depuis plusieurs mois, cette dernière faisait la navette pour aller s'occuper d'eux et elle était à bout de forces.

— Les vieux comme ça devraient être placés d'office dans des maisons de retraite, maugréa Carole quand Tom lui eut annoncé la nouvelle.

Elle était à la fois furieuse et contrariée.

— Heureusement, les métayers, ce n'est pas ce qui manque dans la région, ajouta-t-elle à l'adresse de Marie-Ange.

Tom lui avait recommandé son neveu, mais Carole n'appréciait pas le garçon. Le départ du métayer attristait Marie-Ange. C'était un homme gentil et droit qu'elle aimait beaucoup.

Cet été-là, la jeune fille travailla d'arrache-pied pour payer son année universitaire. Elle se débrouilla toutefois pour passer du temps avec Billy qui lui présenta bientôt une nouvelle petite amie. Cette fois-ci, Marie-Ange sentit que les choses pourraient devenir sérieuses si Billy y mettait un peu du sien. C'était une jolie jeune fille douce et aimante. Ils avaient fréquenté la même école et leurs deux familles se connaissaient depuis des années. Nul doute qu'ils seraient heureux ensemble. Agé de vingt-deux ans, Billy semblait prêt à fonder un foyer. Il avait terminé sa formation l'année précédente et travaillait dur à la modernisation de l'exploitation familiale. Comme tous les garçons du terroir, il possédait une grande maturité d'esprit.

Un jour de canicule, alors qu'elle quittait la ferme au volant de sa Chevrolet pour aller voir Billy, Marie-Ange croisa une voiture qu'elle ne connaissait pas. Elle eut juste le temps d'apercevoir un homme d'un certain âge, coiffé d'un chapeau de cow-boy et vêtu d'un costume sombre. Venait-il pour le poste de métayer ?

Trois heures plus tard, en rentrant de chez Billy, elle fut surprise de trouver le même véhicule garé dans la cour de la ferme. Lorsqu'elle descendit, les bras chargés de victuailles, l'inconnu sortit de la cuisine avec sa grand-tante et la dévisagea avec attention. Intriguée, Marie-Ange se tourna vers tante Carole qui lui fit signe d'approcher.

Elle se chargea des présentations. L'homme s'appelait Andrew McDermott ; il avait fait la route depuis Des Moines pour les rencontrer. Un sourire amusé joua sur ses lèvres quand Marie-Ange lui demanda s'il venait pour le poste de métayer.

— Non, c'est vous que je suis venu voir, jeune fille, répondit-il d'un ton enjoué. Je voulais d'abord régler quelques détails avec votre tante et maintenant, il faut que je vous parle. Asseyons-nous tranquillement, voulez-vous.

Marie-Ange fronça les sourcils.

— Quelque chose ne va pas ? demanda-t-elle à sa tante qui paraissait contrariée.

Carole Collins secoua la tête. Ce que cet homme venait de lui annoncer ne lui plaisait guère, mais elle n'était pas surprise. Elle savait déjà presque tout, depuis le début.

— Non, tout va bien, au contraire, assura l'inconnu. Je suis venu vous parler d'un legs par fidéicommis que vous a laissé votre père. J'en avais déjà discuté avec votre tante, il y a quelque temps, mais à présent que vous êtes majeure, il est de mon devoir de vous en parler personnellement.

Marie-Ange le considéra d'un air perplexe. Qu'essayait-il de lui dire, au juste ? A en juger par l'air agacé de tante Carole, il s'agissait sans doute d'une mauvaise nouvelle. Son père avait-il laissé des dettes derrière lui, des sommes que Carole serait tenue de rembourser ? Un legs par fidéicommis… c'était du chinois, pour elle !

— Allons nous asseoir, j'aimerais vous expliquer calmement la situation.

Ils se tenaient encore sous le porche. Marie-Ange les quitta brièvement pour aller poser les provisions dans la cuisine.

— Je ne serai pas longue, promit-elle à sa tante qui disparut à l'intérieur.

— Mademoiselle Hawkins, commença Andrew McDermott, votre tante vous a-t-elle déjà parlé de votre héritage ?

Marie-Ange secoua la tête.

— Non… pour être franche, je croyais que mon père n'avait laissé que des dettes.

L'étonnement s'inscrivit sur le visage de son interlocuteur.

— Détrompez-vous. Juste avant sa mort, votre père était à la tête d'une entreprise florissante qui fut rachetée quelques mois plus tard par un de ses associés. Les biens immobiliers qu'il possédait furent également vendus. Oh, il avait bien quelques dettes, mais elles étaient tout à fait insignifiantes par rapport à sa fortune. Il avait pris la précaution de rédiger un testament en faveur de votre frère et vous. Au décès de votre frère, sa part s'est ajoutée à la vôtre.

Marie-Ange l'écoutait avec attention, sous le choc. Il marqua une pause avant de poursuivre :

— Votre père voulait que vous receviez un tiers de votre héritage à l'âge de vingt et un ans, ce qui explique ma présence aujourd'hui. Le second tiers vous sera versé à vingt-cinq ans et vous toucherez le reste le jour de vos trente ans. Votre père vous a laissé une très jolie somme, conclut-il d'un ton empreint de gravité.

Il dévisagea longuement la jeune fille. La stupeur qui se lisait sur son visage était sincère. Elle tombait des nues. Au fond, sa tante avait peut-être eu raison de ne rien lui dire.

— Combien m'a-t-il légué ? s'enquit Marie-Ange, mal à l'aise. Est-ce une somme importante ?

— On peut dire ça, oui, répondit-il avec un sourire apaisant. La somme initiale a fructifié au fil du temps, grâce à des placements financiers avisés. Aujourd'hui, votre héritage s'élève à un peu plus de dix millions de dollars.

Un silence incrédule accueillit ses paroles. Marie-Ange secoua lentement la tête. Si c'était une blague, elle ne la trouvait pas drôle du tout.

— P-pardon ? bredouilla-t-elle.

— Votre legs en fidéicommis se chiffre à dix millions de dollars, répéta Andrew McDermott, imperturbable. Le tiers de cette somme sera crédité sur un compte bancaire ouvert à votre nom dès la semaine prochaine. Je ne saurais que trop vous conseiller d'en réinvestir la majeure partie, dès que vous vous sentirez disposée à le faire. Si vous le désirez, nous nous occuperons de tout pour vous.

Andrew McDermott était l'avocat de la banque chargée de gérer son héritage. Initialement en France, tous les portefeuilles avaient été transférés dans l'Iowa, à la demande expresse de Carole Collins, lui expliqua-t-il. Cette dernière avait toujours cru que Marie-Ange ne retournerait pas en France. Sur le ton de la confidence, il ajouta :

— Dès votre arrivée, nous avons proposé de verser régulièrement à votre tante une somme d'argent pour couvrir vos dépenses courantes. Elle a très gentiment décliné notre offre, arguant qu'elle était tout à fait capable de vous élever seule. En dix ans, elle n'a jamais réclamé le moindre sou. Je tenais à vous le signaler.

Comment fallait-il interpréter le refus de sa tante ? En arrivant ici, Marie-Ange avait connu la faim ; tout au long de sa scolarité, elle avait porté des vêtements achetés à bas prix dans les friperies et les dépôts-ventes, elle avait trimé dur pour gagner un peu d'argent, elle s'était battue pour entrer à l'université sans l'aide de sa tante. Si Billy ne lui avait pas offert sa voiture, jamais elle n'aurait pu poursuivre ses études. En même temps qu'elle tenait à assumer seule l'éducation de sa petite-nièce, sans toucher à son héritage, Carole Collins l'avait privée de tout ce qui aurait pu embellir son existence d'orpheline.

Que devait-elle penser, à présent ? Tante Carole était-elle un tyran ou une philanthrope ? Sans doute avait-elle cru bien faire en agissant ainsi. Toujours est-il que les révélations d'Andrew McDermott plongèrent Marie-Ange dans une confusion indicible. Un moment plus tard, il lui tendit une enveloppe en papier kraft remplie de documents qu'il lui conseilla de lire attentivement. Pour l'instant, il n'avait besoin que d'une signature pour ouvrir un compte à son nom. En partant, il la félicita chaleureusement ; sa bonne étoile ne l'avait pas abandonnée, n'est-ce pas ? Marie-Ange ne répondit pas. A tout prendre, elle aurait préféré que sa famille soit encore en vie !

Comme pétrifiée, elle le regarda s'éloigner au volant de sa voiture, serrant contre sa poitrine l'épaisse enveloppe en kraft qu'il lui avait remise.

— Et ce dîner, c'est pour aujourd'hui ou pour demain ? aboya tante Carole.

Arrachée à ses pensées, Marie-Ange rentra précipitamment et posa l'enveloppe sur le comptoir avant de préparer le repas. Tante Carole ne prononça pas un mot du repas. Marie-Ange décida finalement de briser ce silence pesant.

— Tu étais au courant ?

Elle scruta le visage de la vieille femme, mais n'y lut aucune émotion : ni regret, ni joie, ni tendresse, rien d'autre que l'amertume et la froideur qui voilaient comme toujours ses traits tirés.

— En partie, mais je ne sais pas tout. Ce ne sont pas mes affaires. Tout ce que je sais, c'est que ton père t'a laissé un gros paquet d'argent. Tant mieux pour toi. Ça te facilitera les choses quand je ne serai plus là.

Devant la mine stupéfaite de Marie-Ange, elle poursuivit :

— Je vends la ferme le mois prochain. J'ai reçu une proposition intéressante et je n'ai plus à m'inquiéter pour toi. Je suis fatiguée. J'ai trouvé une place à la maison de retraite de Boone.

Elle s'exprimait d'une voix monocorde, comme si la nouvelle n'avait aucune importance. A vingt et un ans pourtant, Marie-Ange se retrouvait pour la deuxième fois de sa vie sans domicile.

— Quand comptes-tu déménager ? demanda la jeune fille, en cherchant vainement une trace d'émotion sur le visage de sa grand-tante.

— Je dois libérer la ferme à la fin du mois d'octobre. Tom s'est engagé à rester jusqu'à cette date.

Marie-Ange n'avait que six semaines devant elle pour prendre ses dispositions. Elle s'apprêtait à rentrer à l'université pour son année de maîtrise. Plusieurs options s'offraient à elle : elle pouvait chercher un logement proche du campus universitaire. Elle pouvait aussi prendre une année sabbatique pour réaliser enfin son rêve le plus cher : retourner en France. L'espace d'un instant, une folle pensée lui traversa l'esprit : et si elle rachetait le château de Marmouton ? Qui en était l'actuel propriétaire ? Dans quel état retrouverait-elle son beau château ? Mille questions tourbillonnaient dans sa tête.

— Je vais devoir partir en même temps que toi, fit-elle observer. Crois-tu que tu seras heureuse dans cette maison de retraite, tante Carole ?

La jeune fille ne pouvait s'empêcher de se sentir concernée par le sort de sa grand-tante.

— Je ne suis pas heureuse ici, ça ne changera pas grand-chose. De toute façon, je suis trop vieille pour m'occuper d'une ferme. J'imagine que tu comptes retourner en France ou trouver du travail après tes études. Après tout, rien ne te retient ici, sauf peut-être ce jeune type que tu refuses obstinément d'épouser. Au fond, tu as peut-être raison. Avec le paquet que tu viens de toucher, tu peux te dégoter un bon parti, maintenant.

Ses paroles et son ton sardonique lui firent froid dans le dos. C'était comme si l'amour n'entrait pas en ligne de compte, existait-il seulement pour elle ? Avait-elle jamais aimé son mari ? Malgré ses efforts, Marie-Ange n'arrivait pas à l'imaginer jeune et radieuse — encore moins amoureuse.

Après le dîner, elle débarrassa la table et rangea la cuisine. Un moment plus tard, sa tante partit se coucher. Le fauteuil roulant s'enfonça lentement dans le couloir obscur. Billy l'appela peu après et Marie-Ange lui annonça aussitôt qu'elle voulait le voir.

— Que se passe-t-il ? demanda-t-il d'un ton inquiet. Quelque chose ne va pas ?

— Non... si... enfin, pas vraiment. Je ne sais pas, j'ai du mal à y voir clair. Il m'est arrivé quelque chose d'incroyable, Billy, il faut absolument que je te raconte.

Elle avait besoin de parler, de lui demander conseil. Lui seul saurait l'aider à mettre de l'ordre dans ses idées.

— Tout va bien, n'est-ce pas ? insista-t-il.

Elle hésita.

— Je crois, oui. En fait, il s'agit d'une bonne nou-velle. Mais j'ai encore du mal à comprendre ce qui m'arrive.

— Passe à la maison quand tu voudras, suggéra Billy.

Sa petite amie était chez lui mais elle habitait dans une ferme voisine et il proposa de la raccompagner avant l'arrivée de Marie-Ange. Elle accepta sans rechigner.

Vingt minutes plus tard, Marie-Ange arrivait chez lui. Ils s'installèrent sous le porche.

— Qu'est-ce que c'est ? demanda-t-il en désignant l'enveloppe en papier kraft qu'elle tenait à la main.

L'expression de son amie reflétait la plus grande gravité.

— J'ai reçu la visite d'un avocat aujourd'hui, expliqua-t-elle à voix basse.

— A quel sujet ?

— Au sujet d'un héritage que m'a laissé mon père à sa mort. Une somme considérable, ajouta-t-elle pour préparer la suite en douceur.

Comment Billy allait-il admettre ce qu'elle-même avait encore du mal à concevoir ?

— Combien ? fit-il avant de se reprendre, confus : désolé, tu n'es pas obligée de me répondre. Après tout, cela ne me regarde pas.

— Je suppose que je ferais mieux de me taire, admit-elle en posant sur lui un regard angoissé. J'ai trop peur que tu me détestes, si je te dis la vérité.

89

— Ne dis pas de sottises, enfin. Ton père a tué quelqu'un pour lui voler son argent, c'est ça ? la taquina-t-il gentiment.

Un sourire contraint étira les lèvres de Marie-Ange.

— Bien sûr que non. C'est l'argent du château et de son entreprise, plus quelques investissements judicieux. En dix ans, son capital a considérablement augmenté.

Elle hésita un long moment avant de conclure sur un ton d'excuse :

— C'est une somme énorme, Billy.

Sans qu'elle puisse s'expliquer pourquoi, elle éprouvait le besoin de se justifier, comme si c'était mal de posséder autant d'argent. Pourtant, elle devrait bien s'habituer à l'idée.

— Cesse de tourner autour du pot, Marie-Ange, tu vas me rendre dingue, la rabroua-t-il d'un ton faussement sévère. Au fait, ta tante Carole était-elle au courant de cet héritage ?

— Il semblerait que oui, en partie tout du moins. Elle n'a jamais rien voulu toucher pour pourvoir à mes besoins. C'est louable de sa part, d'une certaine manière ; mais d'un autre côté, la vie aurait été plus agréable si elle avait accepté l'argent qu'on lui proposait. Quoi qu'il en soit, cet argent m'appartient désormais.

Leurs regards s'accrochèrent et Billy retint son souffle. Marie-Ange inspira profondément avant de murmurer ces mots qui ne signifiaient rien de concret pour elle :

— Dix millions de dollars, lâcha-t-elle d'une voix à peine audible.

— C'est ça, bien sûr ! lança Billy en se renversant dans son fauteuil, amusé par la bonne blague de son amie. Et moi, je m'appelle Mickey Mantle[1] !

— Je ne plaisante pas, Billy. Il s'agit bien de dix millions de dollars.

Son ton pressant, son expression empreinte d'angoisse alertèrent le jeune homme, qui se reprit aussitôt.

— Tu es sérieuse ? insista-t-il en la fixant avec intensité.

Elle hocha gravement la tête. En face d'elle, Billy ferma les yeux comme s'il venait de recevoir un coup. Quand il les rouvrit, l'incrédulité se lisait dans son regard.

— Doux Jésus, Marie-Ange... que vas-tu faire de tout ça ? Que vas-tu faire, toi ?

Il eut soudain peur pour elle. N'était-ce pas terrifiant de se retrouver du jour au lendemain à la tête d'une somme si importante qu'on ne pouvait même pas se la représenter ?

— Je ne sais pas. Tante Carole m'a annoncé ce soir qu'elle vendait la ferme le mois prochain pour aller vivre à Boone, dans une maison de retraite. Dans six semaines, je n'aurai plus de toit.

— Tu peux venir habiter ici, proposa spontanément Billy.

Marie-Ange secoua la tête. C'était gentil de sa part, mais ils étaient déjà nombreux et puis, ça n'aurait pas été correct vis-à-vis des Parker.

1. Célèbre joueur de base-ball.

— Je trouverai bien un logement près de l'université, ou même une chambre sur le campus. Pour être franche, j'ai du mal à réaliser ce qui m'arrive.

Billy esquissa un pâle sourire.

— Moi aussi. Ton père devait être immensément riche quand tu étais petite. Le château dont tu parles si souvent doit être aussi grand que Buckingham Palace ! ajouta-t-il d'un ton léger, désireux de détendre l'atmosphère.

— Pas du tout, je t'assure. Il était très beau, c'est vrai, et je l'adorais… je suppose que mon père possédait de nombreux hectares de terre alentour. Et puis, son entreprise était florissante. Sans doute avait-il mis de l'argent de côté au fil des années et… oh, Billy, je me sens complètement perdue… que dois-je faire ?

Elle était venue lui demander conseil mais ils étaient encore jeunes et ignorants en ce qui concernait l'argent ; la vie simple qu'ils menaient dans l'Iowa ne les avait pas préparés à ce genre de situation, tout à fait inconcevable pour eux.

— Qu'as-tu envie de faire, toi ? demanda Billy avec douceur. As-tu envie de retourner en France pour commencer une nouvelle vie là-bas ou préfères-tu d'abord terminer tes études ? Tu es libre de faire ce que tu veux à présent, Marie-Ange. Tu pourrais même t'inscrire à Harvard, si tu le désirais ! ajouta-t-il avec un enthousiasme sincère.

— J'ai envie de passer quelque temps en France, répondit la jeune fille, perdue dans ses pensées. Je retournerai à Marmouton. Peut-être même pourrais-je racheter le château.

En voyant le visage de Billy s'assombrir, elle s'empressa d'ajouter :

— Je reviendrai, ne t'inquiète pas. Je veux juste voir à quoi il ressemble aujourd'hui. Si j'interromps mes études pendant un semestre, je serai de retour à Noël.

— C'est une bonne idée, admit Billy, rasséréné.

De toute façon, il aimait trop Marie-Ange pour désirer autre chose que son bonheur.

— Ceci dit, tu te sentiras peut-être plus heureuse là-bas, ne put-il s'empêcher d'observer.

Ses racines étaient en France, après tout, et elle n'avait aucune famille aux Etats-Unis, excepté sa grand-tante. Bien qu'elle ait passé la moitié de sa vie ici, dans l'Iowa, il savait que son cœur était resté en France.

— Peut-être, murmura la jeune fille d'un ton rêveur. Je ne sais pas. Si je décidais de rester là-bas, viendrais-tu me voir ? Ce serait l'occasion pour toi de pratiquer le français ! Je t'offrirai le billet d'avion, ajouta-t-elle tout en sachant pertinemment qu'il n'accepterait jamais un tel cadeau — si toutefois il trouvait le temps de se libérer de ses obligations pour partir en vacances, ce qui était fort peu probable.

Elle plongea son regard dans le sien.

— Promets-moi que tu viendras me voir si je décide de m'installer là-bas, insista-t-elle d'une petite voix implorante.

Billy éluda la question.

— As-tu l'intention de terminer tes études ?

Elle hocha la tête.

— Bien sûr. Pour le moment, je ne prendrai qu'un semestre de congé. Je verrai bien ce qui se passera ensuite.

— Ce serait vraiment dommage de tout abandonner si près du but, insista Billy sur le ton du grand frère qui sermonne sa sœur.

Marie-Ange approuva d'un signe de tête. Elle ouvrit ensuite l'enveloppe brune et sortit les documents, qu'ils parcoururent ensemble. Portefeuille d'actions, investissements, bénéfices... Aucun d'eux ne comprit vraiment de quoi il s'agissait.

— Je n'arrive toujours pas à y croire, murmura Billy alors qu'elle s'apprêtait à partir. C'est extraordinaire, Marie-Ange...

Un sourire joua sur ses lèvres et il la prit tendrement dans ses bras.

— Bon sang, qui aurait cru qu'un jour tu deviendrais riche à millions ?

— J'ai l'impression d'être Cendrillon, confia la jeune fille à mi-voix.

— Veille à ne pas t'enfuir avec un beau prince dans les dix minutes qui viennent, plaisanta Billy en se forçant à prendre un ton léger.

A ses yeux, cet incroyable retournement de situation signifiait qu'ils n'auraient jamais d'avenir ensemble. Malgré les réticences et la fermeté de Marie-Ange à ce sujet, il n'avait jamais complètement perdu l'espoir de la conquérir. Aujourd'hui, cet infime espoir s'envolait pour toujours. Il avait devant lui l'héritière d'une fortune colossale. Marie-Ange demeurait néanmoins sa meilleure amie et elle lui fit promettre que cela ne changerait rien entre eux.

— Je serai de retour à Noël, assura-t-elle d'un ton ferme.

Déjà, pourtant, le doute s'immisçait en Billy. Après les années noires qu'elle venait de vivre ici, aurait-elle vraiment envie de revenir ?

Il la raccompagna jusqu'à sa voiture et l'enlaça une dernière fois. La Chevrolet qu'il lui avait offerte semblait se moquer de lui...

— Sois prudente, murmura-t-il en lui ouvrant la portière.

— Je t'aime, Billy.

— Je t'aime aussi, tu le sais bien.

Elle mit le contact et partit en lui faisant signe de la main. Son cerveau était encore en pleine ébullition et elle avait bien l'intention de mettre un peu d'ordre dans ses pensées.

Le lendemain matin, elle se rendit à Des Moines avec une idée précise en tête. Elle y avait longuement songé la veille et souhaitait agir sans perdre de temps. Lorsqu'elle appela Andrew McDermott pour lui exposer son projet, il parut légèrement décontenancé. Après tout, elle n'avait que vingt et un ans, un âge où l'argent peut facilement tourner la tête... En lui posant quelques questions, il comprit vite ses motivations et sa détermination.

En moins d'une heure, l'affaire était réglée ; elle serait livrée à la ferme le matin même. La rapidité de la transaction stupéfia les vendeurs. Et lorsque l'objet de la transaction arriva à la ferme en fin de matinée, les ouvriers n'en crurent pas leurs yeux.

Quant à tante Carole, elle devint blême en découvrant le premier achat de Marie-Ange.

— J'étais sûre que tu ferais une sottise de ce genre. Peux-tu me dire ce que tu comptes faire avec *ça* ? ajouta-t-elle d'un ton réprobateur.

— Je vais l'offrir à Billy, répondit calmement Marie-Ange.

Et elle se glissa au volant de la Porsche rouge vif, flambant neuve, qu'elle avait achetée le matin même. Trois ans plus tôt, Billy lui avait permis de réaliser un de ses rêves, étudier à l'université, et aujourd'hui, elle avait envie de le remercier en lui offrant quelque chose qu'il ne pourrait probablement jamais se payer. Elle avait assuré la voiture pour les deux prochaines années. Il allait l'adorer.

Elle se gara dans la cour à l'instant où il arrivait en tracteur, accompagné d'un de ses frères. Il posa sur elle un regard éberlué.

— Tu as échangé la Chevrolet contre *ça* ? J'espère au moins qu'ils t'ont donné de l'argent en plus ! s'écria-t-il en riant.

D'un bond, il fut près du bolide qu'il entreprit d'examiner avec attention, les yeux pétillants de curiosité.

— Est-ce que tu comptes dire aux gens que tu l'as achetée avec ton argent ? demanda-t-il, soudain inquiet.

Marie-Ange lui avait confié son désir de rester discrète sur l'héritage de son père.

— Figure-toi que je n'y ai pas encore pensé, répondit-elle, radieuse. Je ferais peut-être mieux de leur dire que je l'ai volée ! Ceci dit, je m'en moque un peu puisque ce n'est pas moi qui la conduirai.

Billy arqua un sourcil perplexe.

— Pourquoi ?

Elle lui tendit les clés et l'embrassa sur les deux joues.

— Parce qu'elle est à toi, Billy ! Parce que tu es mon meilleur ami... mon frère.

En proie à une vive émotion, Billy sentit son regard s'embuer. Quand il retrouva enfin l'usage de sa voix, il refusa le cadeau de Marie-Ange. C'était trop, il ne pouvait accepter ! Mais son amie se montra inflexible. De toute façon, les papiers étaient déjà à son nom, il n'avait plus qu'à prendre possession de sa nouvelle voiture ! Tout en argumentant, elle se glissa sur le siège passager et l'invita à prendre place derrière le volant.

— Je ne sais pas quoi dire, murmura Billy d'une voix enrouée.

Presque malgré lui, il s'installa à côté de son amie. Comment résister à pareille tentation ? Tous les ouvriers agricoles observaient la scène d'un air stupéfait, conscients d'être témoins d'un moment unique.

— C'est une demande en mariage ? lança la mère de Billy par la fenêtre de la cuisine.

Ignorant tout de l'héritage, elle songea que Marie-Ange avait gagné la Porsche en participant à un jeu, ou peut-être décroché le gros lot à la loterie nationale.

— Non, c'est juste la nouvelle voiture de Billy, répliqua la jeune fille en la gratifiant d'un sourire espiègle.

Au même instant, Billy tourna la clé de contact et le moteur vrombit puissamment. Le bolide rouge s'éloigna sur les chapeaux de roue. Au volant, Billy poussa un cri de joie, tandis que Marie-Ange rejetait la tête en arrière, sa crinière blonde flottant au vent comme une bannière dorée.

6

Comme prévu, tante Carole vendit la ferme et partit s'installer à Boone. En l'aidant à faire ses valises, Marie-Ange ne put s'empêcher de repenser à la cruauté de sa grand-tante, le lendemain de son arrivée aux Etats-Unis. Le cœur serré, elle revit les valises pleines des choses auxquelles elle tenait, posées devant le comptoir du dépôt-vente.

Dans un élan de compassion, la jeune fille emballa soigneusement tous les objets et les souvenirs que sa tante chérissait. Quand elles arrivèrent à la maison de retraite, la vieille femme se tourna vers elle. L'air sévère, elle la dévisagea longuement.

— Je compte sur toi pour ne pas faire de bêtises.

— Je vais essayer, fit Marie-Ange en souriant.

Elle aurait tant aimé éprouver des sentiments sincères et profonds pour sa grand-tante ! Malgré toute sa bonne volonté, elle n'y parvenait pas. Tante Carole avait bloqué en elle toute espèce d'attendrissement. C'eût été lui mentir de dire qu'elle allait lui manquer.

— Je t'écrirai pour te communiquer mes nouvelles coordonnées, dit-elle simplement.

— Ne te sens surtout pas obligée. Je n'aime pas écrire. Je peux toujours appeler la banque, si j'ai besoin de te joindre.

A l'image de leurs dix années de cohabitation, elles se firent des adieux froids, dépourvus d'émotion. Carole n'avait rien d'autre à donner. Marie-Ange prit congé, submergée par une vague de tristesse. Sur le plan affectif, ces dix années avaient été aussi arides que le désert. Heureusement, Billy avait été là pour compenser ce vide.

De retour à la ferme, elle prépara ses valises. Tom et son épouse étaient déjà partis. Un silence pesant régnait sur la demeure. Son passeport et son billet d'avion étaient prêts, ses valises bouclées. Le lendemain matin, elle emprunterait le même itinéraire que dix ans plus tôt, se rendant d'abord à Chicago pour prendre un autre avion à destination de Paris. Elle avait prévu de rester quelques jours dans la capitale française ; peut-être même se renseignerait-elle sur les cours dispensés par la Sorbonne. Ensuite, elle louerait une voiture et se rendrait à Marmouton, juste pour revoir le château qui l'avait accompagnée en pensée pendant toutes ces années. Elle essaierait aussi de retrouver sa chère Sophie, même si l'éventualité de sa mort restait ancrée en elle. Quelqu'un pourrait sûrement la renseigner sur ce qui lui était arrivé. Marie-Ange la soupçonnait d'être morte de chagrin à la suite des bouleversements tragiques qui avaient frappé son existence paisible. Quoi qu'il en soit, elle voulait tirer au clair le mystère de son silence. Si Sophie avait survécu, elle lui aurait écrit, c'était évident.

La veille de son départ, elle alla dîner chez les parents de Billy. Dans le voisinage, tout le monde ne parlait plus que de la Porsche qu'il conduisait à la moindre occasion. Son père se moqua de lui gentiment : il passait plus de temps au volant de son bolide que sur le tracteur. Même Debbi, sa petite amie, était tombée sous le charme de la voiture rouge. Au-delà de sa valeur matérielle, elle symbolisait pour Billy la relation exceptionnelle qui le liait à Marie-Ange. C'était un cadeau de son amie. Une voiture de rêve, certes, mais surtout une marque de gratitude qu'elle lui avait témoignée après qu'il l'eut aidée quelques années plus tôt en lui offrant la Chevrolet.

— Je t'appellerai de Paris dès que je le pourrai, promit-elle lorsqu'il la raccompagna à la ferme, ce soir-là.

Elle avait laissé la Chevrolet chez lui ; il s'en occuperait pendant son absence. Elle ne pouvait se résoudre à s'en séparer, trop attachée aux nombreux souvenirs qui y étaient liés. De toutes ses années passées dans l'Iowa, c'était la seule chose qu'elle avait souhaité conserver. A part cette voiture et tout ce qui touchait Billy de près ou de loin, elle ne gardait que des souvenirs moroses de son passage ici.

Billy lui rappela qu'il viendrait la chercher le lendemain matin pour la conduire à l'aéroport. Elle erra un moment dans la maison déserte, se remémorant les dix années qu'elle y avait passées. Un sentiment de solitude s'abattit sur elle, oppressant. Elle eut une pensée pour sa grand-tante, forcée de s'adapter à un nouveau rythme de vie. Comment allait-elle ? Sur le point de l'appeler, elle se ravisa. Carole lui avait demandé de ne pas la déranger.

Elle dormit à poings fermés cette nuit-là et, pour la première fois depuis dix ans, elle n'eut pas à se rendre à l'étable en se levant, le lendemain matin. Elle avait encore du mal à croire qu'elle serait à Paris dans quelques heures, et bientôt à Marmouton. Qu'allait-elle trouver, là-bas ?

Billy vint la chercher à 9 heures tapantes. Il rangea son petit sac de voyage à l'arrière de la voiture. Marie-Ange n'avait presque rien emporté. Elle n'avait ni souvenirs, ni bibelots, ni photos, sauf quelques-unes de Billy. Elle n'avait pris que les petits cadeaux qu'il lui avait offerts au fil des ans, pour son anniversaire et pour Noël. Bien sûr, elle ne se séparait jamais des photos de ses parents et de son frère, et le médaillon que celui-ci lui avait offert pendait toujours à son cou.

Ils parlèrent peu sur la route de l'aéroport. Ils avaient pourtant une foule de choses à se dire, mais les mots leur manquaient. Tout au long des années, ils s'étaient soutenus, consolés, encouragés, réconfortés. Ils avaient ri, plaisanté, discuté de tout et de rien. Mais bientôt, huit mille kilomètres les sépareraient et rien ne serait plus pareil.

— Appelle-moi si tu as besoin de quoi que ce soit, dit-il tandis qu'ils attendaient l'annonce de l'embarquement.

La dernière fois qu'elle avait pris l'avion, elle avait le cœur brisé, les jambes flageolantes et l'horrible impression d'être seule au monde. C'était Billy qui lui avait redonné le goût de vivre et l'envie de se battre. Il avait été son seul ami, son confident de tous les instants. Billy faisait partie de sa famille, bien plus que tante Carole. Au moment d'embarquer, Marie-Ange le serra longuement dans ses bras. Leurs visages se frôlèrent, leurs larmes se mêlèrent.

— Tu vas tellement me manquer, murmura-t-elle d'une voix étranglée.

C'était un peu comme ce jour fatidique où elle avait dit au revoir à Robert. Un vent de panique souffla sur elle. Et si elle ne devait jamais revoir Billy ? Comme s'il devinait ses craintes, ce dernier s'empressa de la rassurer.

— Tout ira bien, tu verras. Tu vas détester la France et tu seras de retour avant que j'aie le temps de dire ouf, plaisanta-t-il d'un ton qui manquait de conviction.

— Prends bien soin de toi, Billy.

Ils s'étreignirent et s'embrassèrent une dernière fois, avec une ferveur désespérée. Marie-Ange leva les yeux sur le visage constellé de taches de rousseur. Elle désirait graver chacun de ses traits dans sa mémoire.

— Je t'aime, Billy.

— Je t'aime aussi, Marie-Ange.

Comme il aurait aimé qu'elle change d'avis, qu'elle décide finalement de rester ici, près de lui ! Mais sa vie était ailleurs, et il ne désirait que son bonheur.

L'avion décolla et Billy le suivit des yeux jusqu'à ce qu'il ne fût plus qu'un petit point dans le ciel limpide. Alors, il regagna sa belle voiture rouge et rentra chez lui, pleurant toutes les larmes de son corps en songeant à Marie-Ange. A tout ce qu'elle avait été pour lui. A tout ce qu'elle ne serait jamais.

7

A 4 heures du matin, l'avion se posa à l'aéroport Charles-de-Gaulle. Avec son unique bagage, Marie-Ange franchit rapidement les contrôles douaniers. Cela lui parut bizarre au début d'entendre les gens parler français autour d'elle. Un sourire naquit sur ses lèvres. Excellent élève, Billy aurait été ravi de pouvoir mettre ses connaissances en pratique !

Elle prit un taxi et indiqua au chauffeur l'adresse d'un petit hôtel qu'une des hôtesses lui avait recommandé pendant le vol. Situé sur la rive gauche, c'était un établissement propre et confortable dans lequel elle se sentit aussitôt à l'aise. Le temps de défaire ses valises et de se rafraîchir, l'heure du petit déjeuner avait sonné. Elle décida de flâner un peu dans le quartier. Tenaillée par la faim, elle s'arrêta dans un bistrot où elle commanda un café au lait et des croissants. Là, pour le plaisir, elle trempa un morceau de sucre dans sa tasse fumante en pensant à son frère Robert. Un flot de souvenirs afflua à son esprit, douloureusement vivaces. Après le petit déjeuner, elle se promena pendant plusieurs heures, observant les gens et les rues animées, heureuse de se retrouver enfin dans son pays natal, la France. Quand elle regagna son hôtel, elle était épuisée.

Après avoir dîné dans une petite brasserie, elle alla se coucher. La journée avait été longue et riche en émotions. Ce soir-là, allongée dans son lit, elle donna libre cours à ses larmes. Elle pleura sur son frère et ses parents défunts, sur toutes ces années perdues et sur l'ami qu'elle avait laissé là-bas, dans l'Iowa. Heureusement, ses retrouvailles avec la France l'aidèrent à surmonter son chagrin. Marie-Ange tomba vite sous le charme de Paris et, dès le lendemain, elle se rendit à la Sorbonne où elle prit des informations sur les différents cursus.

Deux jours après son arrivée, elle loua une voiture pour se rendre à Marmouton. Le trajet dura une journée entière. Lorsqu'elle traversa le village de son enfance, les battements de son cœur s'accélérèrent. Sur une impulsion, elle s'arrêta à la boulangerie qu'elle affectionnait tant quand elle était enfant. Quelle ne fut pas sa surprise de reconnaître la même femme derrière le comptoir ! Celle-ci avait été une grande amie de Sophie.

Marie-Ange l'aborda en douceur. Lorsqu'elle lui expliqua qui elle était, la vieille boulangère fondit en larmes.

— Doux Jésus, tu es devenue une bien belle jeune femme ! Sophie aurait été fière de toi, dit-elle en la serrant contre sa poitrine.

— Que lui est-il arrivé ? demanda Marie-Ange en acceptant la brioche qu'elle lui tendait.

— Elle est morte l'an dernier, répondit-elle tristement.

— Je lui ai écrit plusieurs lettres, mais elle ne m'a jamais répondu. A-t-elle succombé à une longue maladie ?

Pour elle, c'était la seule explication possible au long silence de Sophie.

— Non, après ton départ elle est partie vivre chez sa fille, mais elle me rendait visite tous les ans. Nous parlions toujours de toi. Elle t'avait écrit une centaine de lettres l'année de ton départ, mais toutes lui étaient revenues intactes. Elle a alors renoncé à te joindre, pensant qu'elle n'avait pas la bonne adresse. Pourtant, le notaire de ton père lui soutenait qu'elle ne s'était pas trompée. Peut-être que quelqu'un ne voulait pas que tu reçoives de courrier, là-bas.

En entendant ces mots, Marie-Ange eut l'impression de recevoir un coup de poignard en plein cœur. Tante Carole avait dû renvoyer toutes les lettres de Sophie et jeter les siennes à la poubelle afin de couper définitivement les liens qui l'unissaient à son passé. C'était tout à fait le genre de sa tante… encore un acte de méchanceté pure, à la fois cruel et calculateur. Et maintenant, Sophie n'était plus de ce monde. Une vive douleur lui transperça le cœur.

— Je suis désolée, ajouta la boulangère devant son expression accablée.

Marie-Ange fit un effort pour se ressaisir.

— Qui habite au château maintenant ?

Comme prévu, son retour à Marmouton s'avérait douloureux ; elle avait laissé ici tant de souvenirs doux-amers… Elle subirait un autre choc quand elle poserait les yeux sur le château, elle le savait déjà, mais elle se sentait obligée d'aller jusqu'au bout de son voyage. C'était une façon pour elle de rendre un dernier hommage au passé, de communier avec sa famille disparue.

— C'est un comte qui a racheté le domaine ; le comte de Beauchamp. Il habite à Paris et ne vient que très rarement ici. Tu peux aller jeter un coup d'œil, si tu veux. Les grilles sont toujours ouvertes. Un gardien surveille le château en son absence ; tu te souviens peut-être de lui : c'est le petit-fils de Mme Fournier.

Marie-Ange se souvenait parfaitement du jeune garçon qui habitait la ferme de Marmouton à l'époque. Ils jouaient souvent ensemble sur le domaine. Un peu plus âgé qu'elle, il lui avait fait la courte échelle un jour pour grimper à un arbre. Les ayant surpris, Sophie leur avait passé un bon savon. Se souvenait-il de l'épisode avec la même acuité qu'elle ?

Arès avoir remercié la boulangère, elle reprit sa route en promettant de repasser la voir. Elle roulait lentement. Comme prévu, le portail du château était ouvert. Une impression d'abandon régnait sur le domaine. La toiture de la demeure était partiellement endommagée. Derrière se déroulaient les prés, les bois et les vergers qu'elle avait tant chéris. C'était exactement comme dans son souvenir. Propulsée dans le passé, elle se revit petite fille. Sophie ne tarderait pas à venir la chercher ; son frère était là et ses parents feraient bientôt leur apparition, toujours à l'heure pour le dîner. Immobile, elle prêta l'oreille au chant des oiseaux. L'envie de monter aux arbres la tenailla brièvement. Il faisait doux et le château, bien que délabré par endroits, lui sembla plus beau que jamais. Ah, si seulement Billy était à ses côtés ! Tout était exactement comme elle le lui avait décrit, des centaines de fois.

Mélancolique, elle se promena à travers champs, songeant à la famille qu'elle avait perdue et à la vie dorée qu'elle avait connue ici avant le drame. Aujourd'hui, elle était de retour mais le domaine ne lui appartenait plus. A cette pensée, son cœur se serra. Elle s'assit sur une pierre au milieu des prés et se souvint avec délice des mille et un moments de bonheur qu'elle avait vécus ici. Lorsque la nuit commença à obscurcir le ciel d'octobre, elle regagna lentement la cour du château. Elle passait devant la porte de la cuisine lorsqu'une voiture de sport s'arrêta dans un crissement de pneus. Le conducteur la considéra d'un air intrigué avant d'ouvrir sa portière. Un sourire avenant éclairait son visage. C'était un homme d'allure distinguée, grand et mince, avec d'épais cheveux bruns et des yeux d'un vert lumineux. Marie-Ange devina aussitôt qu'il s'agissait du comte de Beauchamp.

— Etes-vous perdue ? Désirez-vous de l'aide ? demanda-t-il d'un ton aimable.

Une chevalière portant les armes de sa famille brillait à son annulaire droit, indiquant ses origines aristocratiques.

— Non, je suis désolée. Je suis entrée chez vous sans y avoir été invitée, répondit Marie-Ange en se remémorant l'accueil détonant de sa grand-tante, lors de la première visite de Billy.

A l'évidence, cet homme lui réserverait un accueil plus courtois.

— C'est un bel endroit, n'est-ce pas ? reprit-il sans se départir de son sourire. J'aimerais pouvoir y passer davantage de temps.

— C'est très beau, en effet, renchérit Marie-Ange d'un ton empreint de tristesse.

A cet instant, une autre voiture s'arrêta dans la cour et un jeune homme en sortit. Marie-Ange le reconnut aussitôt.

— Alain ?

Petit et trapu, il avait gardé les traits poupins de son enfance, à l'époque où ils jouaient ensemble pendant des heures. De son côté, Alain la reconnut aussitôt, bien que ses cheveux longs, toujours blonds comme les blés, ne soient plus bouclés comme avant. Mis à part ce détail, elle n'avait pas beaucoup changé.

— Marie-Ange ? murmura-t-il, stupéfait.

— Vous vous connaissez ? intervint le comte avec un sourire amusé.

— Nous étions amis il y a très longtemps, répondit le gardien du château en serrant la main de Marie-Ange. Nous jouions ensemble quand nous étions enfants. Depuis quand es-tu là ? ajouta-t-il en s'adressant à la jeune femme.

— Je viens d'arriver.

Elle eut un regard d'excuse vers le nouveau propriétaire.

— Je vous prie de m'excuser... je brûlais d'envie de revoir le château.

Le comte arqua un sourcil étonné.

— Vous avez vécu ici ?

— Oui, quand j'étais enfant. Mes parents sont... mes parents sont morts il y a quelques années et on m'a envoyée vivre chez une grand-tante américaine, dans l'Iowa. J'arrive tout juste de Paris.

— Moi aussi, fit observer le comte en souriant.

Sur un petit signe de la main, Alain s'éclipsa. Dégageant une élégance naturelle, le châtelain portait un blazer bleu marine et un pantalon de flanelle impeccablement coupés.

— Désirez-vous jeter un coup d'œil à l'intérieur ?

Elle hésita. La proposition la tentait terriblement, mais en même temps elle ne voulait pas importuner davantage le nouveau maître des lieux. Devinant le trouble qui l'agitait, il reprit la parole.

— Entrez, je vous en prie. Il commence à faire froid dehors. Je vais préparer un peu de thé pendant que vous ferez le tour du château.

Reconnaissante, elle le suivit dans la cuisine familière. Submergée par une vague de mélancolie, elle embrassa la pièce du regard. Des larmes perlèrent à ses paupières.

Comme s'il ressentait l'intensité de ses émotions, le comte demanda avec douceur :

— Trouvez-vous beaucoup de changement ?

Marie-Ange secoua lentement la tête.

— Non, tout est presque comme dans mon souvenir, répondit-elle en contemplant d'un air stupéfait les chaises et la table autour de laquelle la famille se réunissait pour prendre ses repas.

Cette table sous laquelle Robert lui passait en douce les morceaux de sucre imbibés de café au lait...

— Est-ce le notaire de mon père qui vous a vendu le château ? demanda-t-elle, cédant finalement à la curiosité.

Le comte sortit une théière et une vieille passoire en argent.

— Non, je l'ai acheté à un homme qui en était propriétaire depuis plusieurs années, mais qui n'y vivait pas. Si mes souvenirs sont bons, sa femme était malade... ou elle ne se sentait pas bien ici, je ne sais plus. Personnellement, j'ai la ferme intention de restaurer le château. Jusqu'à présent, je n'ai guère eu le temps de m'en occuper, mais j'espère bien lancer les travaux cet hiver ou au printemps prochain. Il mérite de retrouver sa splendeur d'antan.

— Le gros œuvre a l'air intact, fit observer Marie-Ange pendant qu'il passait le thé.

Les murs avaient besoin d'être repeints, les parquets cirés... à ses yeux, le château avait gardé tout son éclat. Mais sa remarque fit sourire le comte.

— Je crains que toute la plomberie ne soit à refaire, en plus de l'électricité qui n'est pas aux normes. La toiture est à restaurer complètement. Croyez-moi, c'est un vaste chantier qu'il faudra entreprendre pour redonner au château une nouvelle jeunesse. Il faut aussi songer à l'entretien des vignes et des vergers. J'ai bien peur, mademoiselle, d'avoir trop longtemps négligé votre demeure familiale, conclut-il avec un sourire penaud qui charma Marie-Ange. Au fait, je ne me suis pas présenté : je m'appelle Bernard de Beauchamp.

Ils échangèrent une poignée de main courtoise.

— Marie-Ange Hawkins.

Lorsqu'elle déclina son identité, le comte eut une espèce de déclic : il se souvint de ce terrible accident qui avait coûté la vie à trois personnes — un couple et son fils — et de cette petite fille brutalement orpheline. L'ancien propriétaire lui avait raconté la tragique histoire de cette famille.

Il l'encouragea à visiter les autres pièces du château et Marie-Ange finit par accepter. Quelques minutes plus tard, il l'entendit monter à l'étage — sans doute avait-elle envie de revoir son ancienne chambre. Quand elle redescendit un moment après, il vit qu'elle avait pleuré et ressentit pour elle un élan de compassion.

— Ça doit être dur pour vous de revenir ici, déclara-t-il en lui tendant une tasse de thé fumante.

Marie-Ange s'avança dans cette pièce qu'elle avait tant aimée, autrefois. Le breuvage fort et parfumé l'aida à se ressaisir.

— C'est plus dur que je ne l'avais imaginé, admit-elle en s'asseyant gracieusement.

Elle était jeune et ravissante — Bernard de Beauchamp avait quarante ans, presque deux fois son âge —, et ses yeux pétillaient d'intelligence.

— Ce n'est guère étonnant, dit-il d'un ton grave. On m'a parlé de la disparition brutale de vos parents et de votre frère.

Il ponctua ses paroles d'un sourire compatissant. Son comportement n'avait rien d'aguicheur ni d'ambigu ; c'était un homme sympathique, prévenant et attentif.

— J'ai moi aussi vécu un drame personnel du même genre. Ma femme et mon fils ont péri dans un incendie il y a dix ans, dans une demeure comme celle-ci. Je m'en suis séparé aussitôt, mais il m'a fallu du temps pour reprendre goût à la vie. J'ai toujours aimé les châteaux, et l'acquisition de celui-ci m'a aidé à chasser les fantômes qui me tourmentaient, aussi bizarre que cela puisse paraître. Le temps a passé et j'ai hâte à présent d'entamer les travaux de restauration.

Un sourire empreint de nostalgie joua sur les lèvres de Marie-Ange.

— C'était tellement beau quand je vivais ici. Ma mère fleurissait toutes les pièces du château.

— Et vous, quel genre de petite fille étiez-vous ?

— Je passais mes journées à grimper aux arbres et à cueillir des fruits dans les vergers.

Ils rirent de ce portrait d'elle enfant.

— Il semblerait que vous ayez bien grandi depuis, commenta-t-il d'un ton léger.

Pour les raisons qu'il venait de lui donner, il se sentait très seul ici et la présence de Marie-Ange avait embelli sa journée. Il appréciait la compagnie de cette jeune femme qu'il connaissait pourtant à peine.

— J'ai prévu de séjourner un mois entier au château, cette fois. Je dois superviser le déroulement des travaux avec l'entrepreneur. Passez me voir quand vous voudrez, si vous avez un peu de temps. Vous comptez rester longtemps dans la région ?

— Je ne sais pas encore. Avant-hier, quand je suis arrivée des Etats-Unis, je n'avais qu'une idée en tête : venir ici au plus vite. A présent, je pense retourner à Paris et peut-être m'inscrire à la Sorbonne.

— Vous voulez vous installer en France définitivement ?

Marie-Ange secoua la tête.

— Je ne sais pas, je n'ai pas encore pris de décision. Mon père m'a laissé...

Elle s'interrompit brusquement ; il eût été indécent de mentionner son héritage à un inconnu.

— Disons que j'ai la chance de pouvoir faire ce que je veux désormais, mais il faut encore que j'y réfléchisse.

— C'est l'endroit rêvé pour méditer, approuva son compagnon en remplissant sa tasse. Où êtes-vous descendue, mademoiselle Hawkins ?

— Je ne sais pas encore, répondit-elle avec un rire amusé. Appelez-moi Marie-Ange, je vous en prie.

— Avec grand plaisir.

Cet homme avait décidément tout pour plaire : d'excellentes manières, un charisme exceptionnel et un physique attirant.

— Je viens d'avoir une idée ; peut-être vous paraîtra-t-elle déplacée, mais j'aimerais tout de même vous en faire part. Puisque vous n'avez réservé nulle part, je me demandais si vous accepteriez de séjourner ici, au château. Vous ne me connaissez pas, c'est vrai, mais vous pourrez toujours fermer

votre porte à clé, si vous redoutez quoi que ce soit.
Je dors dans la chambre d'amis pour le moment ; je
la trouve plus lumineuse et plus gaie que les autres.
L'appartement des maîtres des lieux peut être ver-
rouillé, si cela peut vous rassurer. Je me disais que
vous aimeriez passer quelque temps ici, dans votre
ancienne demeure.

Assise à la grande table de cuisine, Marie-Ange le
dévisagea d'un air interdit. Elle avait l'impression de
vivre un rêve éveillée. Elle ne craignait absolument
rien de lui. Visiblement issu d'un milieu privilégié,
Bernard de Beauchamp lui inspirait une confiance
spontanée. En outre, elle brûlait d'envie de rester
encore un peu ici, dans ce château chargé d'émotions et de beaux souvenirs.

— Ce ne serait pas poli de ma part d'accepter
votre proposition, fit-elle néanmoins remarquer.

— Pourquoi donc ? Je ne vous aurais pas invitée à
rester si cela me dérangeait.

Il ponctua ses paroles d'un sourire chaleureux et
Marie-Ange se laissa convaincre, trop heureuse de
prolonger ses retrouvailles avec le château de son
enfance. Elle repartirait à Paris le lendemain.

— Restez aussi longtemps qu'il vous plaira,
proposa le comte. Je suis ici pour un mois, et j'avoue
que la maison me semble bien triste quand je suis
seul.

Sur le point de lui proposer de payer sa chambre,
elle se ravisa. Il eût été incorrect de sa part de
prendre le château pour un hôtel.

— Aviez-vous prévu de dîner quelque part ou
voulez-vous que je prépare quelque chose sur le

pouce ? enchaîna le comte. Je ne suis pas un grand cuisinier, mais je me débrouille. J'ai laissé les provisions dans la voiture.

— Il est hors de question que vous me fournissiez le couvert en plus du gîte, dit-elle d'un ton mi-gêné, mi-amusé. Je peux préparer le repas, si vous voulez.

Une expression amusée se peignit sur le visage du comte.

— Vous savez faire la cuisine ?

— Je préparais à manger pour ma grand-tante, aux Etats-Unis.

— Un peu comme Cendrillon ? taquina-t-il, tandis qu'une lueur espiègle dansait dans ses yeux verts.

— En quelque sorte, oui, fit Marie-Ange en déposant sa tasse vide dans l'évier qu'elle reconnut aussitôt.

Un nouveau flot de souvenirs la submergea. Elle songea à Sophie, à ses lettres qu'elle n'avait jamais reçues.

— Je me chargerai du repas, déclara-t-il d'un ton sans réplique.

Finalement, ils dînèrent de pâté et de brie, le tout accompagné d'une baguette croustillante. Il sortit une bouteille de vin rouge, un grand cru, mais Marie-Ange préféra boire de l'eau.

Ils bavardèrent avec animation tout au long de ce repas improvisé. Originaire de Paris, Bernard de Beauchamp avait vécu quelques années en Angleterre, quand il était enfant. Au fil de la conversation, Marie-Ange apprit que son fils avait quatre ans quand il avait péri dans l'incendie de son premier château. Il ne s'était pas complètement remis de son chagrin et ne s'était jamais remarié, préférant mener une vie solitaire. Malgré tout, il semblait d'un naturel enjoué et Marie-Ange rit de bon cœur en l'écoutant raconter diverses anecdotes.

Il était 22 heures quand ils se souhaitèrent bonne nuit. Le maître des lieux s'assura que le lit de la grande chambre était fait, avant de prendre congé courtoisement. Puis il gagna la chambre d'amis située dans l'aile opposée du château.

Allongée dans le lit de ses parents, Marie-Ange eut du mal à trouver le sommeil. Une vague de tristesse s'était abattue sur elle quand elle était passée devant son ancienne chambre, puis devant celle de Robert.

Son père, sa mère et son frère hantèrent son cœur et ses pensées tout au long de la nuit.

8

Quand Marie-Ange descendit pour le petit déjeuner le lendemain, elle se sentait encore fatiguée.

— Vous n'avez pas bien dormi ? demanda son hôte d'un ton plein de sollicitude.

Il était attablé devant un bol de café au lait et feuilletait le journal qu'Alain lui avait apporté du village.

— Oh... ce sont tous les souvenirs que j'ai laissés ici qui m'ont empêchée de dormir, répondit Marie-Ange avec un petit haussement d'épaules.

— J'y ai pensé hier, en allant me coucher, dit-il en lui servant un grand bol de café au lait. Le chagrin a la peau dure.

— Dix ans ont passé depuis l'accident, fit observer Marie-Ange en portant le bol à ses lèvres, songeant une fois encore aux canards que Robert lui passait en douce sous la table.

— Mais c'est la première fois que vous revenez ici. C'est tout à fait normal que ce soit aussi difficile. Que diriez-vous d'une promenade dans les bois ? Nous pourrions descendre jusqu'à la ferme.

— C'est très aimable à vous, mais je dois rentrer à Paris aujourd'hui.

A quoi bon s'attarder dans ce château rempli de souvenirs ? Non, il était temps pour elle de partir.

— Avez-vous pris des engagements à Paris, ou bien vous sentez-vous simplement obligée de partir ?

Elle hocha la tête en signe d'assentiment. En face d'elle, son compagnon admira en silence sa longue chevelure soyeuse. Son regard vert ne trahissait rien d'autre qu'une grande gentillesse et Marie-Ange se sentait parfaitement en confiance.

— Sans doute aimeriez-vous profiter de votre belle demeure sans la présence d'une intruse dans la chambre de maître, déclara-t-elle avec humour. J'apprécie beaucoup votre gentillesse, monsieur le comte, mais je ne suis plus chez moi ici.

— Si cela peut vous rasséréner, vous n'avez qu'à vous considérer comme mon invitée. En outre, si vous aviez un peu de temps à m'accorder, j'aimerais beaucoup que vous me décriviez le domaine tel que vous l'avez connu ; cela m'aiderait à organiser les travaux de restauration. Pensez-vous que cela serait possible ?

Marie-Ange hésita, touchée par sa proposition.

— Vous êtes sérieux ?

— Très. Et je vous en prie, appelez-moi Bernard.

Ils se promenèrent dans la propriété en fin de matinée et descendirent tranquillement jusqu'à la ferme. Marie-Ange prit plaisir à lui décrire dans les moindres détails le paysage de son enfance. Arrivés à la ferme, Bernard pria Alain de les raccompagner en voiture.

Un peu plus tard, Marie-Ange alla faire des courses au village. Elle choisit quelques bonnes bouteilles de vin pour remercier son hôte. Ce soir-là, lorsqu'elle proposa de préparer le dîner, Bernard répondit qu'il l'invitait au restaurant. Ils passèrent une délicieuse soirée dans une petite auberge des environs. Le repas fut savoureux et ils discutèrent à bâtons rompus, comme de vieux amis qui se retrouvent après une longue séparation. Bernard de Beauchamp était un homme plein de qualités : drôle, intelligent, séduisant, il était également prévenant et attentif.

Ce soir-là encore, ils se souhaitèrent bonne nuit devant l'ancienne chambre des parents de Marie-Ange mais cette fois-ci, elle sombra aussitôt dans un sommeil réparateur. Le lendemain matin, elle annonça avec davantage de fermeté son intention de partir.

Le comte prit un air peiné.

— Qu'ai-je dit ou fait pour vous contrarier à ce point ? Marie-Ange, j'aimerais vraiment que vous restiez pour m'aider à restaurer le château.

Tout était allé si vite, c'était incroyable ! En deux jours, elle avait accepté l'invitation d'un parfait inconnu qui la suppliait de prolonger son séjour !

— Restez au moins jusqu'au week-end. J'organise un dîner et j'aimerais beaucoup vous présenter à quelques-uns de mes amis. Vos souvenirs de Marmouton ne manqueront pas de les captiver. Il y aura aussi l'architecte chargé de revoir l'aménagement de la maison. Je serais vraiment très heureux de vous compter parmi nous. Pour être franc, je ne comprends pas pourquoi vous désirez tant regagner

Paris. Vous avez reconnu vous-même que vous n'aviez aucun impératif là-bas.

— Vous n'êtes pas encore lassé de moi ?

L'inquiétude qui voilait son beau visage fut vite balayée par un sourire timide. Son hôte savait se montrer si convaincant ! Au lieu de la traiter comme l'étrangère qu'elle était, il lui donnait l'impression d'être une invitée de marque, presque une amie.

— Quelle drôle de question ! J'apprécie votre compagnie, au contraire, et votre connaissance des lieux m'aide énormément dans mes projets de restauration.

Marie-Ange lui avait montré le passage souterrain qu'elle avait découvert avec Robert quand ils étaient enfants. Bernard avait inspecté les lieux, stupéfait. Même Alain, qui avait grandi à Marmouton, ignorait son existence.

— Alors, c'est d'accord, vous restez encore un peu ? Au moins pour le week-end...

— Etes-vous vraiment sûr de vouloir que je reste ?

— Sûr et certain.

Pendant son séjour, Marie-Ange continua à faire les courses au village et Bernard se chargea des repas. Ils retournèrent un soir à la petite auberge ; le lendemain, ce fut au tour de la jeune femme de préparer le dîner. Lorsque le week-end arriva, ils étaient comme deux amis de longue date. Dès le matin, devant leur bol de café au lait, ils discutaient avec animation. Bernard lui décrivit le contexte politique de la France. Il lui parla de son entourage, de ses meilleurs amis, la questionna au sujet de sa famille. Il évoqua aussi son épouse et son fils décédés. Après avoir longtemps travaillé au sein d'une banque, il occupait à présent un poste de consultant qui lui permettait de gérer librement son temps. Encore sous le choc de la disparition tragique de sa famille, il appréciait de s'être libéré du stress et de la compétition permanente qui régnaient dans le milieu de la finance.

Au bout d'une semaine passée au château, Marie-Ange se rendit à la poste du village pour appeler Billy.

— Devine où je suis ! s'écria-t-elle avec entrain dès que la voix de son ami se fit entendre à l'autre bout du fil.

— Attends un peu... A Paris... A la Sorbonne, répondit Billy en masquant tant bien que mal sa déception — il continuait à espérer qu'elle reviendrait terminer ses études aux Etats-Unis.

— Perdu. Essaie encore, répliqua-t-elle d'un ton taquin.

— Je donne ma langue au chat.

— Je suis à Marmouton. Au château.

— C'est un hôtel, maintenant ?

Billy était heureux pour elle. Sa voix claire et enjouée lui réchauffa le cœur. Elle semblait sereine, en paix avec elle-même.

— Non, il appartient toujours à un particulier. Son nouveau propriétaire est un homme tout à fait charmant ; c'est lui qui m'a proposé de passer quelques jours au château.

— Il est marié ?

L'inquiétude qui perçait dans sa voix la fit rire.

— Il l'a été. Sa femme et son fils ont péri dans un incendie.

— Il y a longtemps ?

— Dix ans.

Comment faire comprendre à Billy, au téléphone de surcroît, qu'elle se sentait parfaitement en confiance, à l'aise et détendue auprès de Bernard de Beauchamp ? C'était une sensation indéfinissable qu'elle avait éprouvée dès l'instant où elle avait posé les yeux sur lui. Et son intuition ne la trompait jamais.

— Quel âge a-t-il ?

— Quarante ans.

— Marie-Ange, tu prends des risques, fit observer Billy d'un ton réprobateur. Tu es en train de me dire que tu vis seule avec un veuf de vingt ans ton aîné ? Qu'y a-t-il au juste entre vous ?

— Absolument rien. Nous sommes amis, c'est tout. Il a l'intention de restaurer le château et je l'aide en lui décrivant la propriété telle qu'elle était autrefois.

— Pourquoi ne prends-tu pas une chambre à l'hôtel ?

— Parce que je préfère habiter au château. Bernard a insisté pour que je reste plus longtemps. Il prétend que mes explications lui feront gagner un temps précieux.

— Enfin, Marie-Ange, n'as-tu pas peur de rester seule avec lui dans ce grand château ? Imagine qu'il essaie de te séduire... pire encore, qu'il te saute dessus... personne ne viendra à ton secours !

— Ce n'est pas son genre, je peux te l'assurer. De toute façon, il a invité des amis pour le week-end.

Billy écouta les arguments de son amie, tiraillé par des sentiments mitigés. Il était à la fois heureux de la savoir à Marmouton et angoissé à l'idée qu'elle séjourne seule avec le propriétaire du château.

— Reste sur tes gardes, je t'en prie, insista-t-il. Tu ne connais rien de lui, après tout !

— C'est un homme très respectable, répliqua Marie-Ange.

— Es-tu sûr que ça existe vraiment ? murmura-t-il, dubitatif.

Malgré tout, l'enthousiasme de Marie-Ange finit par prendre le dessus et Billy se sentit gagné par sa joie communicative. Elle lui raconta ce qu'elle avait découvert au sujet de Sophie. Billy ne fut guère étonné ; tante Carole était capable de toutes les malveillances.

— Sois prudente et donne-moi vite des nouvelles, conclut-il d'un ton empreint de gravité.

— Entendu. Surtout, ne t'inquiète pas pour moi, Billy. Je me porte comme un charme ! Tu me manques déjà, ajouta-t-elle avant de raccrocher.

Ce soir-là, Bernard l'emmena de nouveau au restaurant. Ses amis arrivèrent au château le lendemain matin. Ils formaient un groupe dynamique et chaleureux. D'une élégance raffinée, les femmes se montrèrent toutes très aimables avec Marie-Ange. Bernard se chargea des présentations, ajoutant qu'elle avait vécu au château avec ses parents et son frère quand elle était enfant. L'un d'entre eux reconnut son nom de famille ; il avait négocié quel-

ques contrats avec John Hawkins dans le passé —
« un homme brillant et respecté de tous », ajouta-
t-il avec sincérité. Marie-Ange raconta à Bernard la
belle histoire de ses parents. S'il l'écouta avec attention, il parut encore plus impressionné par la carrière
fulgurante de John Hawkins dans le négoce du vin,
relatée par son ami. Ainsi, les affaires intéressaient
davantage les hommes que les histoires d'amour...

Le petit groupe passa un week-end idyllique et,
lorsque Marie-Ange fit son sac le lundi matin,
Bernard la supplia de rester encore un peu. Cette
fois-ci en revanche, elle résista à la tentation ; elle
garderait à jamais dans son cœur le souvenir des dix
jours merveilleux qu'elle venait de passer à Marmouton, mais elle devait absolument retourner à
Paris ; elle allait tenter de s'inscrire à la Sorbonne.
Avant de partir, elle le remercia chaleureusement
pour son accueil. Bernard l'embrassa sur les deux
joues. A l'évidence, son départ l'attristait beaucoup.

Elle rentra à Paris dans la journée et ce soir-là, elle
dîna seule à l'hôtel, songeant au comte de Beauchamp et au séjour féerique qu'il lui avait permis de
passer dans le château de son enfance. C'était un
cadeau précieux qu'il lui avait offert, et elle lui en
était profondément reconnaissante. Le lendemain,
assise à une table des Deux-Magots, elle lui écrivit
une longue lettre de remerciement qu'elle posta le
soir même. Elle se rendit aussi à la Sorbonne pour
prendre des renseignements. Elle n'avait pas encore
pris de décision quant à son avenir. Devait-elle
retourner aux Etats-Unis pour terminer son année
de maîtrise ou s'inscrire dans une université ici, à

Paris ? Elle était en train d'y réfléchir tout en flânant sur le boulevard Saint-Germain, quand elle tomba nez à nez avec Bernard de Beauchamp.

— Que faites-vous ici ? demanda-t-elle, surprise. Je vous croyais à Marmouton.

Un sourire penaud flotta sur les lèvres du comte.

— Je m'ennuie à mourir depuis que vous êtes partie, avoua-t-il en la dévisageant avec intensité. J'avais envie de vous voir.

Flattée par ses paroles, Marie-Ange accepta son invitation à dîner chez Lucas Carton, le soir même. Et le lendemain midi, il l'emmena déjeuner chez Laurent. Elle lui parla de la Sorbonne, mais Bernard la supplia de rentrer à Marmouton avec lui, au moins pour quelques jours. Devant son insistance, elle finit par céder et alla prendre son sac à l'hôtel. Cette fois-ci, elle fit le trajet avec lui. Ils bavardèrent pendant tout le voyage, jamais à court de sujets de conversation. En arrivant à Marmouton, elle eut la troublante sensation de rentrer chez elle.

Elle y passa une semaine entière et ils apprirent à mieux se connaître au cours des longues promenades qu'ils firent ensemble à travers la propriété.

Le mois d'octobre touchait à sa fin lorsqu'elle regagna enfin sa chambre d'hôtel à Paris. Bernard retrouva son domicile parisien quelques jours plus tard et ils continuèrent à se voir souvent, soit pour déjeuner ou dîner ensemble, soit pour se promener dans les allées du Bois de Boulogne. Marie-Ange se sentait bien avec lui. Avec Billy resté dans son Iowa natal, Bernard était son seul ami. Elle n'arrivait toujours pas à décider ce qu'elle avait envie de faire, retourner aux Etats-Unis ou rester en France, et cette question la préoccupait de plus en plus.

Ils étaient aux Tuileries quand elle aborda le sujet.

— Avant que vous vous décidiez, j'ai une proposition à vous faire, annonça-t-il d'un ton énigmatique.

A sa grande surprise, il lui proposa de l'accompagner à Londres où il avait quelques affaires à régler.

— Nous pourrions aller au théâtre, dîner ensuite au Harry's Bar et danser un peu chez Annabel. Ce petit voyage vous ferait le plus grand bien, Marie-Ange. Ensuite, nous irions passer le week-end à Marmouton et vous prendriez votre décision à ce moment-là.

Ils n'étaient que bons amis mais déjà, Marie-Ange avait l'impression d'être emportée dans le tourbillon de sa vie. Ravie par l'idée, elle accepta sa proposition. A Londres, ils séjournèrent au Claridge, dans des chambres séparées. Ils sortirent tous les soirs et Marie-Ange fut séduite par les gens qu'il lui présenta. Il l'emmena plusieurs fois au théâtre, ils firent les antiquaires à la recherche de beaux objets pour décorer le château et trouvèrent même le temps d'assister à une vente aux enchères chez Sotheby's. Elle passa des moments exquis en compagnie de Bernard et s'abstint délibérément d'appeler Billy pour lui donner des nouvelles. Il n'aurait certainement pas approuvé le train de vie qu'elle menait avec le comte à Londres. Pourtant, ce dernier se comportait avec la plus grande courtoisie.

Ils restèrent de simples amis jusqu'au jour où il l'emmena chez Annabel. Après l'avoir fait danser toute la soirée, il se pencha lentement vers elle et prit ses lèvres dans un léger baiser. L'épisode plongea la jeune femme dans une grande confusion. Que signifiait ce baiser, au juste ?

Bernard répondit à sa question lorsqu'ils regagnèrent Marmouton pour y passer le week-end. Alors qu'ils marchaient main dans la main dans les bois, elle sentit que certaines choses avaient changé.

— Marie-Ange, je crois que je suis en train de tomber amoureux, déclara-t-il posément, son beau visage assombri par l'inquiétude. C'est la première fois que cela m'arrive depuis la disparition de mon épouse, et je ne voudrais surtout pas vous faire souffrir.

En proie à une vive émotion, Marie-Ange plongea son regard dans le sien. Ils étaient plus que de simples amis, désormais.

— Est-ce que cela vous choque ? Tout est allé tellement vite, ajouta-t-il d'un air désemparé. Je suis beaucoup plus âgé que vous, je n'ai pas le droit de vous attirer dans ma vie, surtout si vous avez l'intention de repartir aux Etats-Unis. Pour ma part, je ne désire qu'une seule chose : rester à vos côtés. Et vous, quel est votre sentiment ?

— Je suis très touchée, répondit-elle prudemment. Je pensais que vous n'éprouviez que de l'amitié pour moi, Bernard.

Comment aurait-elle pu imaginer qu'un homme aussi cultivé et sophistiqué que le comte de Beauchamp puisse tomber amoureux d'elle ? Avec un peu de détachement, elle se rendit compte que ce qu'elle éprouvait pour lui dépassait le sentiment d'amitié.

En lui ouvrant les portes du château, Bernard lui avait aussi ouvert son cœur et elle ne désirait rien d'autre que de vivre auprès de lui, à Marmouton. Son destin était ainsi fait : en retrouvant le château de ses rêves, elle avait également trouvé l'amour.

— Qu'allons-nous devenir, ma chérie ? murmura-t-il en l'enveloppant d'un regard plein de tendresse qui la fit frissonner.

Lorsqu'il se pencha vers elle pour l'embrasser, elle s'abandonna avec délice.

— Je ne sais pas, murmura-t-elle contre ses lèvres. C'est la première fois que je tombe amoureuse.

Elle était vierge sur tous les plans, physique et sentimental. Jamais encore elle n'avait ressenti cet élan grisant, irrésistible qui la poussait vers Bernard.

— Nous devrions peut-être nous accorder un peu de temps, suggéra-t-il raisonnablement.

Mais la raison fut forcée de s'incliner devant la force de leurs sentiments. Ils prolongèrent leur séjour à Marmouton et Bernard en profita pour la couvrir de fleurs et de ravissants cadeaux. Ils se promenaient main dans la main, s'embrassaient avec passion et tendresse mêlées, bavardaient des heures durant, heureux de ce qu'ils découvraient l'un et l'autre. Comblée, Marie-Ange se laissa submerger par cette passion inespérée. Lorsqu'ils firent l'amour pour la première fois, ils se connaissaient depuis un peu plus d'un mois. Repus de caresses et de plaisir, ils restèrent un long moment immobiles, tendrement enlacés, et Bernard lui chuchota à l'oreille tous ces mots d'amour dont elle avait si souvent rêvé.

— Je veux t'épouser, mon cœur. Je veux te faire des enfants. Je veux passer chaque instant de ma vie en ta compagnie.

Après le drame qu'il avait vécu, Bernard était plus conscient que quiconque du caractère fugace de la vie ; cette fois, il était décidé à profiter pleinement de chaque moment de bonheur. Quant à Marie-Ange, elle n'avait jamais été aussi sereine, aussi épanouie.

Quelque temps plus tard, Bernard lui annonça qu'il voulait lui parler de choses sérieuses. Quand il prit la parole, l'inquiétude se lisait sur son visage.

— Ce n'est pas convenable, Marie-Ange, commença-t-il avec gravité. J'ai quarante ans, alors que tu n'es encore qu'une toute jeune femme. Que diront les gens s'ils découvrent notre liaison ? Je me trouve malhonnête envers toi.

Devant son air abattu, Marie-Ange sentit une vague de panique l'envahir. Qu'essayait-il de lui dire ? Avait-il décidé de rompre ? Mais déjà, Bernard reprenait :

— Tu n'as plus de famille, tu es seule au monde, complètement à ma merci.

— Je trouve ça plutôt agréable, d'être à ta merci, intervint-elle d'un ton espiègle.

— Ce n'est pas drôle, Marie-Ange. Si encore tu avais une famille pour protéger ta réputation, ce serait différent. Mais ce n'est pas le cas.

— Que suggères-tu ? Tu comptes m'adopter ?

Ses yeux pétillaient de malice. Elle aimait son côté protecteur, elle aimait qu'il s'inquiète pour elle. Personne ne s'était occupé d'elle de la sorte, à l'exception de Billy, mais il était jeune et, par certains côtés, très immature par rapport à Bernard. Marie-Ange appréciait de pouvoir se reposer entièrement sur lui. Son attitude paternelle la rassurait. Elle pouvait lui confier tous ses problèmes, il trouverait forcément une solution. Elle était surtout follement éprise de lui.

— Je n'ai aucune intention de t'adopter, répondit Bernard d'un ton presque solennel.

Il tendit la main, effleura la sienne du bout des doigts.

— Je veux t'épouser. Le plus tôt possible. Cela fait peu de temps que nous nous sommes rencontrés mais nous nous connaissons aussi bien que certains couples mariés depuis plusieurs années. Nous n'avons plus de secret l'un pour l'autre, n'est-ce pas ?

Il s'interrompit et posa sur elle un regard débordant de tendresse.

— Marie-Ange, je t'aime comme je n'ai encore jamais aimé personne.

— Je t'aime aussi, Bernard, chuchota la jeune femme, émerveillée par ce qu'elle était en train de vivre.

Tout arrivait si vite et en même temps, tout lui semblait si naturel ! Plus rien ne comptait pour elle à part Bernard, la vie de rêve qu'ils menaient au château, et la famille qu'ils ne tarderaient pas à fonder. Son bonheur était ici, auprès de lui, tout simplement.

— Marions-nous cette semaine. Ici, à Marmouton. La messe sera célébrée à la chapelle et nous pourrons enfin vivre notre amour au grand jour. Ce sera un nouveau départ pour nous... Qu'en dis-tu ?

— Je... oui... oui, ce sera merveilleux.

Il l'étreignit passionnément, puis ils regagnèrent le château, main dans la main. Cet après-midi-là, ils firent l'amour langoureusement.

Le lendemain, Bernard appela le prêtre du village. Lorsqu'il eut raccroché, Marie-Ange composa le numéro de Billy. Ignorant comment lui annoncer l'incroyable nouvelle — elle craignait de le blesser, même si leur relation n'avait jamais été ambiguë —, elle se jeta finalement à l'eau.

— *Pardon* ? s'écria Billy, incrédule. J'espère que c'est une blague... je croyais que vous étiez simplement amis !

La nouvelle l'atterra. Il exprima sa stupeur sans ambages, d'un ton ouvertement réprobateur. A croire qu'elle avait perdu la tête, dès l'instant où elle avait mis les pieds en France !

Marie-Ange l'exhorta au calme. C'était effectivement la première fois qu'elle agissait sur une impulsion, mais son amour pour Bernard était plus fort que tout. Cet homme passionné, volontaire et déterminé l'avait conquise en un temps record.

— Nous étions amis, c'est vrai, mais nos sentiments ont évolué, expliqua-t-elle d'une petite voix, désarçonnée par la violence de sa réaction.

— C'est clair. Ecoute, Marie-Ange, pourquoi ne t'accordes-tu pas un peu de temps pour réfléchir à tout ça ? Tu viens à peine d'arriver ; tes retrouvailles avec le château t'ont bouleversée, tu ne sais plus où tu en es. Ne mélange pas tout, je t'en prie.

— Je suis amoureuse de Bernard, martela Marie-Ange, imperméable aux conseils de son ami.

Lorsqu'ils raccrochèrent quelques minutes plus tard, Billy était fou d'inquiétude. Hélas, il ne pouvait rien faire. Marie-Ange s'apprêtait à épouser un parfait inconnu, pour la simple raison qu'il avait racheté le château de son père. Du moins était-ce son opinion. A quoi bon tenter de lui faire entendre raison ? Elle semblait totalement subjuguée par le comte de Beauchamp.

— Qui était-ce ? demanda Bernard quand elle raccrocha.

— Mon meilleur ami, que j'ai laissé dans l'Iowa.

Elle esquissa un sourire.

— Il me prend pour une folle.

Elle était désolée d'avoir blessé Billy, mais en même temps, rien n'aurait pu la faire changer d'avis. Elle était aussi sûre de son amour pour Bernard que des sentiments qu'il lui portait. Billy était son meilleur ami, comment aurait-elle pu lui cacher une nouvelle aussi merveilleuse ? Avant de raccrocher, il lui avait demandé de l'appeler quand elle aurait recouvré ses esprits... ou même si elle ne les recouvrait pas. Il resterait toujours son ami, avait-il assuré d'un ton radouci, et il serait toujours là pour elle. Malgré les sentiments qu'elle lui portait, Marie-Ange se sentait déjà moins dépendante de lui. Son petit monde tournait désormais autour de Bernard.

Ce dernier lui rendit son sourire.

— Moi aussi, j'ai perdu la raison. Ça doit être contagieux.

— Qu'a dit le prêtre ?

— Il a tout arrangé en un clin d'œil. Nous nous marierons vendredi à la mairie. Et le lendemain, il célébrera la cérémonie religieuse à la chapelle de Marmouton. Les bans seront publiés dès aujourd'hui, le délai officiel sera légèrement raccourci. Que dites-vous de ça, madame la comtesse ?

Marie-Ange laissa échapper un rire cristallin. Elle vivait un vrai conte de fées. Quatre mois plus tôt, elle travaillait dur à la ferme de tante Carole puis, du jour au lendemain, elle avait hérité d'une fortune colossale et aujourd'hui, elle s'apprêtait à épouser un comte qui l'aimait passionnément, auprès duquel elle passerait le restant de ses jours dans le beau château de son enfance.

Tant de bonheur lui tournait la tête ! Et lorsqu'ils se rendirent à la mairie deux jours plus tard pour le mariage civil, une nouvelle vague d'allégresse la submergea. Le lendemain, dans la chapelle du château, le prêtre les unit devant Dieu. Mme Fournier et Alain leur servirent de témoins et la vieille femme pleura tout au long de la cérémonie, remerciant le Seigneur d'avoir ramené Marie-Ange à Marmouton.

— Je t'aime, mon cœur, murmura Bernard en l'embrassant lorsqu'ils eurent échangé leurs vœux.

Un sourire bienveillant éclaira le visage du prêtre. Ils formaient un très beau couple, tous les deux. Le comte et la comtesse de Beauchamp.

Après la cérémonie, ils se réunirent au château. Bernard sabra une bouteille de champagne et le petit groupe trinqua à leur bonheur. Quand ils furent enfin seuls, Bernard souleva sa jeune épouse dans ses bras et la conduisit dans sa chambre. Là, il la posa délicatement sur le grand lit. Son regard voilé glissa sur la silhouette de Marie-Ange, soulignée par la ravissante robe en soie blanche qu'elle avait choisie pour se marier. Il caressa sa chevelure dorée puis captura ses lèvres.

— Je t'aime comme un fou...

Radieuse, Marie-Ange lui rendit son baiser. Jamais elle n'aurait cru qu'un tel bonheur puisse exister. Bernard la déshabilla avec une douceur infinie, avant de se débarrasser de ses propres vêtements. Consumés par le désir, ils firent longuement l'amour.

Bernard saurait la rendre heureuse. Avec un peu de chance, des enfants viendraient bientôt parfaire leur bonheur.

9

Le premier Noël qu'ils passèrent ensemble à Marmouton fut idyllique. L'amour que Bernard portait à sa jeune femme était si évident que leur entourage en était tout attendri. Passer Noël au château raviva une foule de souvenirs pour Marie-Ange — des souvenirs à la fois merveilleux et douloureux. Heureusement, la présence de Bernard à ses côtés l'aida à surmonter la mélancolie qui s'emparait d'elle par moments. Le soir du réveillon, elle appela Billy. S'il se réjouissait de son bonheur, il continuait malgré tout à s'inquiéter un peu. Son mariage avait été si rapide...

— Qui aurait cru, l'an dernier, que je passerais Noël à Marmouton cette année ? fit-elle remarquer d'un ton rêveur.

A l'autre bout du fil, Billy esquissa un sourire empreint de nostalgie. Le Noël qu'ils avaient passé ensemble l'année précédente restait ancré dans sa mémoire. Encore un de ces souvenirs qu'il chérirait à jamais.

Debbi et lui ne se quittaient plus, depuis quelque temps. Pourtant, Marie-Ange lui manquait. Cruellement. Rien n'était plus comme avant, il faudrait bien qu'il finisse par l'accepter.

— Qui aurait cru, l'an dernier, que tu allais hériter d'une fortune et que je conduirais une Porsche flambant neuve ? répliqua-t-il d'un ton faussement enjoué.

Surtout, il ne souhaitait qu'une chose : que le mari de Marie-Ange lui apporte tout le bonheur qu'elle méritait.

Après les fêtes de fin d'année, Bernard et Marie-Ange continuèrent à vivre au même rythme trépidant. Partagés entre le château et l'appartement cossu de Bernard, ils n'avaient guère le temps de se reposer. En janvier, Marie-Ange découvrit qu'elle était enceinte. Bernard laissa exploser sa joie quand elle lui annonça la nouvelle. L'âge aidant, il avait souhaité ce moment de toutes ses forces, rien n'aurait pu le combler davantage. Et s'il avait en plus la chance d'avoir un fils, il serait assuré d'avoir un héritier ; il goûterait alors au bonheur absolu.

Quelques jours plus tard, les travaux de restauration commencèrent au château ; la propriété se transforma vite en un vaste chantier. Tout était à refaire : la toiture, les murs, les portes-fenêtres que les menuisiers étaient chargés d'agrandir, les hauteurs de plafond, la largeur des couloirs... Avec l'aide de son ami architecte d'intérieur, Bernard avait dessiné les plans de la nouvelle cuisine, de leur suite particulière et d'une nursery digne d'un conte de fées. Il projetait aussi de faire construire une salle de cinéma au sous-sol. Le circuit électrique et la plomberie étaient entièrement remplacés par des installations ultramodernes. L'ampleur des travaux stupéfia Marie-Ange. Nul doute qu'il devrait débourser une petite fortune pour régler l'architecte et les dizaines d'artisans qui travaillaient tous les jours sur le chantier. Il avait même demandé à un horticulteur de replanter des hectares de vignes et d'arbres fruitiers.

Bernard lui promit que l'aménagement intérieur serait quasiment terminé pour la naissance du bébé, prévue au mois de septembre. Marie-Ange ne tarda pas à appeler Billy pour lui annoncer la bonne nouvelle.

— Vous n'avez pas perdu de temps, dis-moi, fit observer son ami, incapable de taire l'appréhension qui continuait à le tenailler.

Tout allait décidément beaucoup trop vite à son goût, mais Marie-Ange s'efforça de le rassurer : à quarante ans, Bernard avait hâte de fonder une famille avec sa nouvelle épouse ; ce bébé l'aiderait peut-être à oublier le fils qu'il avait perdu dans des circonstances tragiques.

La jeune femme avait écrit à sa grand-tante pour lui faire part des changements qui avaient bouleversé sa vie : son retour à Marmouton, son mariage, sa grossesse. Mais elle n'avait reçu aucune réponse. C'était comme si Carole Collins avait définitivement tourné la page sur leurs années de vie commune.

En mars, la façade du château disparut entièrement sous les échafaudages. Les artisans et leurs ouvriers investirent la demeure, obligeant Marie-Ange et Bernard à passer davantage de temps à Paris. L'appartement du comte était de dimensions modestes, mais l'intérieur cossu et la décoration luxueuse compensaient le manque d'espace. Boiseries splendides et parquets cirés, hauts plafonds ornés de moulures, meubles de style et objets anciens soigneusement assortis, tout respirait le raffinement et le bon goût. Héritage familial, des tableaux de maître et des tapisseries d'Aubusson décoraient les murs. C'était un pied-à-terre somptueux, digne d'un comte et d'une comtesse. Cependant, tous deux préféraient leur château à la campagne.

Au début de l'été, Bernard lui annonça que les travaux avanceraient plus vite s'ils quittaient Marmouton pendant quelque temps. Il avait loué une villa à Saint-Jean-Cap-Ferrat et un yacht de six mètres de long pour agrémenter leur séjour.

— Mon Dieu, Bernard, tu me gâtes ! s'écria-t-elle en découvrant la maison et le bateau.

Ils avaient prévu de passer tout le mois de juillet à Saint-Jean-Cap-Ferrat et regagneraient Marmouton début août. Marie-Ange serait alors enceinte de huit mois, il serait temps pour elle de ralentir le rythme. Elle avait déjà prévu d'accoucher à Poitiers.

Leurs vacances dans le Midi se déroulèrent comme dans un rêve. Ils sortirent beaucoup et reçurent de nombreux amis de Bernard qui arrivaient de Rome, de Munich, de Londres ou encore de Paris, passaient quelques jours avec eux et repartaient vers d'autres horizons. Leur bonheur ravissait tous leurs invités.

Les neuf mois qu'elle venait de passer, depuis sa rencontre avec Bernard, avaient été les plus heureux de sa vie et maintenant, tous deux attendaient le bébé avec une impatience grandissante. La nursery était fin prête lorsqu'ils rentrèrent à Marmouton. Bernard s'occupa de recruter une nourrice dans les environs. A la fin du mois d'août, les artisans apportèrent la touche finale à leur appartement privé. Le résultat était somptueux. Pour le reste, les travaux se poursuivaient ; aucun incident n'avait été signalé. Les délais étaient respectés.

Le 1er septembre au matin, Marie-Ange était en train de plier des brassières de nourrisson dans la nursery lorsque l'entrepreneur qui supervisait le chantier vint la trouver. Il avait une question à lui poser concernant les travaux de plomberie. Bernard avait choisi d'équiper les salles de bains de grandes baignoires en marbre, de Jacuzzis et de saunas.

Lorsqu'ils eurent fini d'en discuter, l'entrepreneur s'attarda quelques instants, visiblement mal à l'aise. Percevant son embarras, Marie-Ange lui demanda ce qui n'allait pas. Avec un soulagement évident, il lui expliqua la situation : aucune facture n'avait été réglée depuis le début des travaux, alors même que le comte s'était engagé à lui verser une partie de la somme en mars puis une autre, plus importante celle-ci, à la fin du mois d'août. Les autres artisans rencontraient le même problème. Marie-Ange ne cacha pas son étonnement. Son mari n'avait sans doute pas eu le temps de régler les factures, à moins qu'il ait oublié ses engagements, distrait par son séjour sur la Côte d'Azur. En questionnant l'entrepreneur, elle apprit avec stupéfaction que personne n'avait été payé depuis le début des travaux. Quand elle lui demanda s'il avait une idée de la somme due, il lui répondit que le total devait se chiffrer à plus de cinq millions de francs. Marie-Ange écarquilla les yeux, interdite. Elle n'avait jamais demandé à Bernard à combien s'élevaient les travaux de restauration du château. Il avait décidé de le remanier de fond en comble ; quand le chantier serait terminé, la bâtisse serait splendide, de la façade jusqu'au toit, des parquets jusqu'aux plafonds. Bernard tenait tant à lui faire plaisir !

— C'est impossible, murmura-t-elle, sous le choc. Vous devez vous tromper.

Elle se sentait coupable d'avoir donné son accord aux projets que lui avait présentés Bernard. En proie à une grande confusion, elle promit à l'entrepreneur d'en parler à son mari le soir même, lorsqu'il rentrerait de Paris où il était allé régler quelques affaires urgentes. Cela faisait un an qu'il travaillait en pointillé ; quand il se rendait à Paris, c'était pour rencontrer les conseillers financiers qui géraient ses propres investissements. Désireux de passer du temps auprès d'elle et de superviser le chantier, il retardait le moment où il devrait reprendre le travail. Et l'arrivée imminente du bébé le retiendrait encore davantage auprès de sa famille. Marie-Ange ne pouvait s'empêcher de se réjouir de toutes ces marques d'attention et de tendresse qu'il lui témoignait.

Quand il rentra au château ce soir-là, elle força son courage et lui parla des problèmes évoqués par l'entrepreneur. Il semblait que les artisans n'avaient pas été payés... était-il possible que sa secrétaire ait oublié de régler les factures ? A son grand soulagement, la nouvelle ne sembla pas affoler Bernard. Elle en profita pour lui dire combien elle était désolée... jamais elle n'aurait imaginé qu'il allait engager de tels frais pour offrir une seconde jeunesse au château de son enfance.

— Je ne regrette pas un seul centime, mon amour, déclara-t-il avec une ferveur qui lui alla droit au cœur.

Il ne reculait devant aucune dépense quand il s'agissait de lui faire plaisir. Petits ou gros, les cadeaux se succédaient. Il lui avait offert une magnifique Jaguar en juin, en même temps qu'il s'était acheté une Bentley.

En fait, il attendait la réalisation de plusieurs opérations boursières avant de régler la quasi-totalité de la facture présentée par l'entrepreneur. Il avait beaucoup investi dans des gisements pétroliers au Moyen-Orient et détenait aussi d'autres portefeuilles d'actions un peu partout dans le monde, mais il répugnait à perdre de l'argent en en vendant certains, alors que la conjoncture était défavorable. Son raisonnement paraissait tout à fait logique. D'un air gêné, il lui fit part de ses dernières réflexions : depuis quelque temps, il songeait à lui demander de lui avancer un peu d'argent qu'il lui rembourserait dès que ses investissements auraient fructifié, c'est-à-dire début octobre. C'était l'affaire de quatre semaines, six tout au plus ; si elle acceptait, l'entrepreneur et les autres artisans continueraient à travailler, rassurés. Marie-Ange accepta sans hésiter. Il n'avait qu'à s'en occuper directement, elle lui faisait confiance. Bernard hocha la tête. Il se mettrait en rapport avec sa banque dès le lendemain ; elle n'aurait plus qu'à signer les documents nécessaires pour les virements.

Inquiète, malgré tout, des dépenses liées à la restauration du château, Marie-Ange suggéra de modifier quelques projets afin de faire baisser la facture.

— Cesse de te tourmenter, mon cœur. Je tiens à ce que tout soit parfait pour toi. Occupe-toi du bébé, c'est tout ce que je te demande.

Ce qu'elle fit durant les deux semaines suivantes. Dès qu'elle eut signé les autorisations de virement sur le compte de Bernard, elle chassa de son esprit toutes ces histoires de factures impayées. La semaine suivante, l'entrepreneur vint la remercier ; tout était rentré dans l'ordre. Elle avait avancé six millions de francs à son mari. Elle s'étonnait encore de pouvoir évoquer de telles sommes sans ciller. Lorsque le conseiller qui gérait son compte l'avait questionnée au sujet de ce virement, elle s'était empressée de le rassurer : il ne s'agissait là que d'un transfert temporaire.

Au cours des deux semaines qui suivirent, elle se promena longuement, en compagnie de Bernard, dans les bois de la propriété. Il l'invita plusieurs fois au restaurant. Au château, tout était prêt pour le bébé. Les autres travaux suivaient leur cours.

Marie-Ange ressentit les premières contractions à la mi-septembre, comme prévu. Lorsque les douleurs se précisèrent, Bernard la conduisit à l'hôpital de Poitiers dans sa nouvelle Bentley, telle une reine en déplacement officiel. L'accouchement se passa bien et le bébé, une petite fille, vint au monde en parfaite santé. C'était tout le portrait de sa mère. Ils l'appelèrent Héloïse. Héloïse Françoise de Beauchamp Hawkins.

Deux jours plus tard, la jeune mère et son bébé rentrèrent au château. L'instinct maternel de Marie-Ange s'était aussitôt éveillé et elle adorait sa fille. Quant à Bernard, il était fou de joie. Du champagne et du caviar attendaient la jeune femme à Marmouton, ainsi qu'un magnifique bracelet en diamant, « pour te remercier du merveilleux cadeau que tu viens de me faire », déclara Bernard, très fier de son épouse. En même temps, il espérait qu'un garçon viendrait bientôt agrandir le cercle familial, désirant par-dessus tout un fils et un héritier pour son titre. Bien qu'il ne le lui ait pas dit clairement, Marie-Ange eut la désagréable impression de l'avoir déçu en lui donnant une fille.

Héloïse avait un mois lorsque l'entrepreneur aborda de nouveau Marie-Ange. Les factures impayées s'accumulaient depuis six semaines ; cette fois-ci, leur montant s'élevait à environ un million et demi de francs.

Son intervention rappela à Marie-Ange que Bernard la rembourserait bientôt grâce aux transactions qu'il aurait réalisées. Gênée d'être encore obligée d'aborder le sujet, Marie-Ange lui rapporta néanmoins sa conversation avec l'entrepreneur, persuadée qu'il se chargerait de régler les factures restantes. La réfection du château serait terminée avant Noël. Bernard s'empressa de la rassurer. S'il voulait réaliser des bénéfices intéressants, il devait attendre encore un peu avant de vendre ses actions. Marie-Ange n'avait qu'à régler les factures en attente, il lui rembourserait l'intégralité de la somme avancée au mois de novembre. Comme la fois précédente, elle expliqua la situation à son banquier, qui accepta d'effectuer le virement. Elle avait avancé près de huit millions de francs au total, mais cela en valait la peine : le château de Marmouton n'avait jamais été aussi beau.

Quand Héloïse eut six semaines, Marie-Ange décida de faire une surprise à Bernard en lui rendant une visite inopinée à Paris. Hélas, elle ne le trouva pas à l'appartement. Devant sa déception, la femme de ménage lui confia qu'il était allé superviser les travaux rue de Varenne.

— Les travaux ? Rue de Varenne ? répéta Marie-Ange, perplexe.

La consternation se peignit sur le visage de la domestique. Si Madame n'était pas au courant, peut-être le comte voulait-il lui en faire la surprise... Les travaux avaient commencé la semaine précédente. Elle suggéra à Marie-Ange de ne rien dire à son mari, mais cette dernière ne put résister à l'envie de se rendre à l'adresse indiquée. Ce qu'elle vit la laissa sans voix : un imposant hôtel particulier se dressait au milieu d'un vaste jardin planté d'arbres. Des écuries flanquaient la demeure bordée d'une cour pavée. Les bras chargés de plans, Bernard se tenait devant le portail, en pleine conversation avec un architecte.

Au moment où elle allait repartir, les deux hommes l'aperçurent.

— Ainsi, tu as découvert mon secret ! lança Bernard d'un ton enjoué. J'avais l'intention de t'offrir les plans de la maison à Noël.

Marie-Ange le dévisagea avec stupeur.

— De quoi s'agit-il au juste ?

Sur la banquette arrière, Héloïse commença à pleurer. L'heure de la tétée approchait.

— C'est ton nouveau domicile parisien, mon amour, répondit-il en se penchant pour l'embrasser. Puisque tu es là, viens donc jeter un coup d'œil à l'intérieur.

C'était une demeure splendide, spacieuse et lumineuse. Hélas, ses anciens propriétaires l'avaient négligée depuis trop longtemps.

— Je l'ai eue pour une bouchée de pain.

— Bernard, murmura Marie-Ange, encore sous le choc, es-tu vraiment sûr que nous avons les moyens de nous offrir une maison comme celle-ci ?

— Je crois bien, oui. Pas toi ? C'est pourtant la maison de ville idéale pour le comte et la comtesse de Beauchamp !

En lui faisant visiter les lieux, Bernard lui confia qu'il était fort probable qu'un de ses ancêtres, comte lui-même, ait déjà occupé les lieux.

— Quand l'as-tu achetée ?

— Juste avant la naissance d'Héloïse, avoua-t-il avec le sourire penaud d'un gamin qui vient de faire une bêtise. J'avais envie de te faire une surprise.

Marie-Ange se rembrunit. A Marmouton, les factures impayées se multipliaient. Mais Bernard ne semblait pas inquiet et sa désinvolture la réconforta un peu. Bien qu'il manquât de liquidités pour le moment, sa fortune était sans nul doute bien plus impressionnante que la sienne.

Ils décidèrent de passer la nuit dans leur appartement parisien. Bernard se montra charmant et attentionné ; à la fin de la soirée, il l'avait presque convaincue de l'utilité de sa nouvelle acquisition. Il installerait son bureau là-bas, rue de Varenne, et pourrait ainsi travailler dans des conditions idéales. Leur nouvelle demeure leur permettrait également d'accueillir leurs amis qui, de passage à Paris, n'avaient pas le temps d'aller les voir à Marmouton.

— Il faut te faire à l'idée, chérie : nous avons désormais deux maisons, conclut-il avec une pointe de fierté dans la voix.

Marie-Ange y pensait encore lorsqu'ils rentrèrent à Marmouton le lendemain matin.

— Je ne voudrais pas que nous dépensions trop d'argent, tu sais, insista-t-elle sans cacher son inquiétude.

— Je contrôle parfaitement la situation, assura Bernard, ne t'en fais pas. Et puis, notre système est bien rodé, tu ne trouves pas ? En m'avançant de petites sommes pour régler les premières factures, tu me permets de faire fructifier correctement nos investissements.

A quelques « détails » près : il s'agissait en réalité de ses investissements à lui et les « petites sommes » qu'elle lui avait avancées représentaient la bagatelle de huit millions de francs. Marie-Ange s'exhorta au calme. Après tout, Bernard travaillait dans la finance ; il savait mieux qu'elle ce qu'il faisait.

Comme prévu, la rénovation du château fut terminée peu avant Noël. Cette année-là, elle fit à Bernard un merveilleux cadeau en lui annonçant qu'elle était de nouveau enceinte. Cette fois-ci, elle espérait de tout cœur lui donner un garçon. Elle craignait tellement de le décevoir !

— Venant de toi, rien ne me décevra jamais, murmura-t-il gentiment quand elle lui fit part de ses préoccupations.

Héloïse avait alors trois mois et demi ; la naissance du bébé était prévue pour le mois d'août. Onze mois sépareraient les deux enfants. Les choses continuaient à aller très vite entre eux. Au lieu d'appeler Billy pour lui annoncer la nouvelle, elle préféra lui envoyer une carte de vœux. Elle lui téléphonait plus rarement à présent, en moyenne une fois par mois. La vie qu'elle menait auprès de Bernard et de sa petite fille l'absorbait tellement qu'elle prêtait moins attention à son entourage.

Au mois de janvier, quand elle donna l'ordre à sa banque d'effectuer un important virement sur le compte de Bernard, son conseiller l'appela personnellement.

— Etes-vous sûre que tout va bien, Marie-Ange ? demanda-t-il avec sollicitude. Il me semble que vous dépensez beaucoup, depuis quelque temps.

Son capital restait important, il n'y avait pas encore de quoi s'affoler, mais après le dernier virement qui avait servi à financer les travaux de l'hôtel particulier, elle avait franchi le cap des deux millions de dollars. Jusqu'à ses vingt-cinq ans, il lui restait un million et demi de dollars sur son compte courant ; elle toucherait ensuite le second tiers de son héritage. Malgré tout, son conseiller s'interrogeait sur l'importance des virements qu'elle avait opérés en si peu de temps. Elle lui expliqua alors le système mis au point par Bernard, qui s'était engagé à la rembourser dès que ses investissements auraient fructifié.

— Pouvez-vous me préciser une date ? demanda le banquier.

— C'est imminent, assura Marie-Ange. C'est lui qui paiera les prochaines factures pour les deux maisons.

Bernard ne le lui avait pas dit expressément, mais elle lui faisait confiance. Le moment venu, il saurait assumer ses responsabilités. La semaine suivante, hélas, Bernard l'informa qu'une grave crise pétrolière sévissait au Moyen-Orient ; il perdrait des sommes colossales s'il vendait ses actions dans ce contexte difficile. Il était donc obligé de lui demander une dernière faveur avant que tout rentre dans l'ordre : régler sur-le-champ la première traite de leur hôtel particulier, rue de Varenne, qui s'élevait à cinq millions de francs. Ils disposeraient ensuite de trois ans pour payer le solde, soit dix millions. « Une bouchée de pain », vraiment... D'ici là, elle aurait hérité du second tiers de son héritage et tout serait réglé.

— Je ne toucherai plus rien jusqu'à mes vingt-cinq ans, Bernard, fit-elle observer, gagnée par une sourde angoisse.

Les sommes d'argent qu'il maniait avec tant d'aisance la terrifiaient. C'était une lourde responsabilité que de jouer le rôle de banquier. Devant son désarroi, il la prit dans ses bras et l'embrassa tendrement.

— Comme j'aime ta naïveté, ma chérie. Un héritage en fidéicommis comme le tien se casse facilement. Tu es une femme mariée et responsable, une mère de famille. Je te parle d'investissements sérieux et réfléchis, pas de coups de poker au casino de Monte-Carlo. Les banquiers chargés de gérer ton héritage me comprendront, eux. Ils pourront soit choisir de briser le contrat, soit prendre de l'argent sur le prochain tiers de ton héritage. Quoi qu'il en soit, tôt ou tard, la totalité de la somme t'appartiendra. A combien s'élève-t-elle, au fait ? demanda-t-il d'un ton désinvolte.

— A un peu plus de dix millions de dollars, répondit Marie-Ange.

— Jolie somme, commenta-t-il, visiblement peu impressionné. Nous discuterons des clauses de ton contrat avec les banquiers dès que tu te sentiras prête.

Son assurance eut finalement raison des craintes de Marie-Ange. Après tout, c'était aussi son métier que de gérer l'argent des autres. Avec lui, rien ne paraissait insurmontable et cette pensée — il fallait bien l'admettre — était réconfortante. A la fin du printemps, il ne lui avait toujours pas remboursé les sommes qu'il lui devait. Marie-Ange préféra se taire, soulagée malgré tout d'avoir réglé les dernières factures des travaux du château. Son seul souci concernait désormais leur demeure parisienne. Comme à Marmouton, le chantier avait pris une ampleur effarante. Pour la rassurer, Bernard répétait sans cesse qu'une fois rénové, l'hôtel particulier serait classé monument historique — un héritage exceptionnel pour leurs enfants. Que répondre à cela ? Comme d'habitude, son raisonnement était d'une logique implacable.

Cette année encore, ils passèrent le mois de juillet dans le Midi, avec villa, yacht et bataillon d'amis venus leur rendre visite. A quelques semaines du terme, Marie-Ange se fatiguait vite. Ils étaient sans cesse en voyage, faisant la navette entre le château et Paris où se poursuivaient les travaux herculéens commandés par Bernard. Ils étaient même allés à Venise, le temps d'une soirée, avant leur départ dans le Sud. La jeune femme rentra à Marmouton épuisée. Avec la chaleur caniculaire, elle avait hâte d'accoucher. Cette fois-ci, elle avait pris plus de poids.

Le bébé vint au monde alors qu'ils passaient un week-end tranquille au château. Comble du bonheur, leur souhait fut exaucé : Marie-Ange donna naissance à un beau garçon qui, elle l'espérait du fond du cœur, aiderait Bernard à surmonter la disparition de son premier fils. Ce dernier était aux anges. En souvenir du frère de Marie-Ange, ils l'appelèrent Robert.

La jeune femme mit davantage de temps à se remettre ; l'accouchement avait été long et difficile car Robert était un gros bébé. A la mi-septembre cependant, elle était de retour à Paris avec Bernard pour superviser la dernière tranche de travaux, rue de Varenne. Bernard ne lui avait toujours pas remboursé le moindre centime, son compte était à zéro et les factures continuaient à pleuvoir.

Alors qu'elle se trouvait un jour rue de Varenne avec ses deux enfants, l'architecte lui fit, sans le vouloir, une révélation stupéfiante. Récemment encore, Bernard lui avait affirmé qu'il n'achèterait rien pour meubler l'hôtel avant d'avoir réglé l'intégralité des travaux. Pourtant, l'architecte lui parla de l'existence d'un garde-meubles situé dans le quartier des Halles, où Bernard stockait frénétiquement tableaux de maître, meubles de style et objets d'art, tous destinés d'après lui à leur demeure de la rue de Varenne. Le soir même, lorsqu'elle interrogea son mari, il nia tout en bloc. Pourquoi diable l'architecte lui avait-il raconté de telles idioties ? s'emporta-t-il, visiblement contrarié. Perplexe, Marie-Ange attendit qu'il sorte le lendemain pour fouiller dans ses dossiers. Son sang se glaça quand elle découvrit une épaisse chemise pleine de factures portant les cachets de célèbres galeries d'art et magasins d'antiquités. Il y en avait au moins pour un million de dollars. Elle tenait encore la chemise à la main quand le téléphone sonna. C'était Billy, qui désirait la féliciter pour la naissance de son fils.

— Comment vas-tu ? demanda-t-il avec entrain. Ton prince est toujours aussi charmant ?

Marie-Ange acquiesça distraitement, perturbée par la découverte qu'elle venait de faire. Bernard lui avait menti. Sur la chemise figurait l'adresse du garde-meubles dont il avait nié l'existence. C'était la première fois qu'elle le prenait en faute. Elle s'abstint toutefois de confier ses inquiétudes à Billy. C'eût été déloyal envers son époux.

Billy lui raconta que tante Carole avait été gravement malade. Après quelques minutes de conversation, il lui annonça qu'il allait bientôt se marier. Il fréquentait Debbi depuis que Marie-Ange avait quitté les Etats-Unis. La nouvelle réjouit profondément la jeune femme. Le mariage aurait lieu l'été prochain.

— Tu n'as pas voulu m'épouser, alors j'ai bien été obligé de me débrouiller autrement, la taquina-t-il d'un ton espiègle.

Sa fiancée terminait ses études au mois de juin, et ils avaient prévu de se marier après la remise des diplômes. Il comptait sur la présence de Marie-Ange, et celle-ci promit qu'elle essaierait de se libérer.

Ils raccrochèrent un peu plus tard. Marie-Ange serait heureuse de revoir Billy mais, pour le moment, d'autres préoccupations la tourmentaient. La pile de factures impayées, le garde-meubles rempli d'objets coûteux, le mensonge de Bernard... Elle était persuadée qu'il y avait une explication logique à tout cela. Peut-être s'agissait-il d'une de ses fameuses surprises... Avec le temps, tout finirait par rentrer dans l'ordre et elle aurait honte des soupçons qui commençaient à envahir insidieusement son esprit.

Elle n'avait toujours pas abordé la question lorsqu'ils regagnèrent Marmouton la semaine suivante. Ce fut au cours de cette même semaine que Marie-Ange accusa un nouveau coup, plus terrible encore que le précédent. Elle trouva au courrier la facture d'un célèbre joaillier, correspondant à l'achat d'une bague — un rubis— qu'on avait livrée à une adresse parisienne. A sa grande surprise, la femme qui avait acheté le bijou avait utilisé le nom de famille de Bernard. En moins d'une semaine, c'était la seconde fois que Marie-Ange doutait de l'honnêteté de son époux. Et s'il avait une maîtresse ? Galvanisée par un sentiment de panique, elle décida de se rendre à Paris avec ses enfants. Bernard était allé voir des amis à Londres, profitant de son séjour pour régler quelques affaires en cours. En pleine confusion, Marie-Ange s'installa à l'appartement et prit un peu de temps pour mettre de l'ordre dans ses idées.

Finalement, malgré le sentiment de culpabilité qui la tenaillait, elle contacta sa banque et demanda à son conseiller de lui indiquer les coordonnées d'un bon détective privé. Elle se fit l'effet d'une traîtresse en composant le numéro d'un doigt tremblant. Tant pis ! Il fallait absolument qu'elle sache ce que complotait Bernard dans son dos. Sûre de son amour, elle ne l'avait jamais soupçonné d'être infidèle, bien qu'il ait tout le loisir de la tromper quand il partait en voyage d'affaires, à Paris ou ailleurs. La femme qui avait acheté cette bague était-elle sa maîtresse ? Avait-elle eu l'audace de se faire passer pour son épouse ? Dans le meilleur des cas, il ne s'agissait peut-être que d'une simple coïncidence : une confusion entre des patronymes identiques, ou même une parente éloignée, dont la facture aurait atterri par erreur à l'adresse de Bernard. Marie-Ange n'osait pas appeler la bijouterie pour demander des explications, craignant de se couvrir de ridicule. Toutes ces questions, ces suspicions lui brisaient le cœur ; pourtant, il fallait absolument qu'elle élucide ce mystère.

Si cette histoire de rubis s'avérait un simple malentendu, si les objets stockés dans le garde-meubles étaient destinés à lui faire une surprise, autant de cadeaux qu'il comptait payer lui-même, elle s'empresserait alors d'oublier ses terribles soupçons et redeviendrait avec bonheur et soulagement l'épouse comblée du comte de Beauchamp. Mais si l'enquête faisait apparaître d'autres conclusions, elle serait obligée de demander des explications à Bernard, pour connaître au moins sa version des faits.

En attendant l'issue de l'enquête, elle préférait se raccrocher à l'espoir que tout s'arrangerait rapidement. Elle avait accordé sa confiance à Bernard dès l'instant où elle avait posé les yeux sur lui. Ils avaient eu deux enfants en moins de deux ans. Si encore il n'y avait pas eu tout cet argent qu'elle avait avancé et que Bernard ne semblait toujours pas prêt à rembourser. Entre les travaux de restauration du château et ceux de l'hôtel particulier, rue de Varenne, elle avait dépensé en tout près de quinze millions de francs. Ils en devaient encore dix pour leur demeure parisienne et le reste des factures impayées s'élevait à cinq millions de francs. En moins de deux ans, c'était effarant. Pour couronner le tout, Bernard continuait à dilapider allégrement leur fortune.

En pénétrant dans le bureau du détective privé, Marie-Ange sentit son cœur chavirer. C'était une petite pièce sombre et crasseuse, où l'attendait un homme débraillé et hirsute — l'enquêteur recommandé par sa banque. Après une prise de contact à peine polie, il se mit à la bombarder de questions très personnelles et griffonna quelques lignes sur un carnet. Marie-Ange énuméra d'abord les dépenses colossales engagées par son époux. Toutefois, son tempérament dispendieux n'en faisait pas forcément un menteur. C'était surtout la facture de la bague qui la préoccupait. Qui était la mystérieuse acheteuse et pourquoi avait-elle utilisé leur patronyme ? Bernard lui avait pourtant raconté qu'il ne lui restait aucune famille. Nul doute que le détective finirait bien par trouver une explication simple et plausible. Après tout, il n'était pas impossible que quelqu'un porte le même nom sans pour autant appartenir à la même famille.

— Dois-je en profiter pour vérifier qu'il n'y a aucune autre facture impayée ? s'enquit le détective.

Marie-Ange hocha timidement la tête.

— Vous ne trouverez sans doute rien d'autre, murmura-t-elle avec un sourire gêné. En fait, j'ai pris peur en découvrant la chemise bourrée de factures qui témoignait de l'existence du garde-meubles… et puis, il y a cette bague… j'ignore qui est cette femme et pourquoi la facture s'est retrouvée chez nous. Sans doute s'agit-il d'une simple erreur.

— Je comprends, fit le détective d'un ton neutre.

Levant les yeux de ses notes, il la gratifia d'un sourire.

— Je m'inquiéterais aussi à votre place. En moins de deux ans, vous avez dépensé des sommes faramineuses.

Les versements s'étaient étalés dans le temps mais il était pourtant étonné qu'elle ait accepté de lui prêter tout cet argent sans demander de plus amples explications. D'un autre côté, elle était encore jeune et naïve, et son époux semblait exceller dans l'art de la manipulation.

— En réalité, ce sont plutôt des investissements, corrigea Marie-Ange. Nos demeures sont toutes les deux classées monuments historiques, vous comprenez, ajouta-t-elle en reprenant les arguments que lui avait servis Bernard pour justifier le coût exorbitant des travaux.

Un terrible pressentiment s'immisça en elle. Et si Bernard lui avait caché autre chose ? Après tout, il ne lui avait jamais parlé de l'hôtel particulier rue de Varenne ; c'était un pur hasard si elle avait découvert son existence…

Hélas, rien n'aurait pu la préparer aux révélations que lui fit le détective privé quelques jours plus tard, quand il l'appela à Marmouton. Bernard se trouvant à Paris et Robert, alors âgé de six semaines, souffrant d'un léger rhume, elle lui proposa de venir au château.

Dès son arrivée, le lendemain matin, elle le conduisit au bureau de Bernard. Le visage du détective ne reflétait aucune émotion ; elle lui proposa une tasse de café qu'il refusa d'un ton bref. Il prit place derrière le bureau, sortit un dossier de son attaché-case et chercha le regard de Marie-Ange. Saisie d'un étrange pressentiment, cette dernière rassembla tout son courage.

— Vous aviez raison de vous inquiéter au sujet des factures impayées, commença-t-il sans préambule. Leur montant total s'élève à deux millions de francs ; parmi les achats de votre mari, il y a beaucoup de tableaux et de vêtements.

— Des vêtements ? Pour qui ? demanda Marie-Ange, songeant aussitôt au rubis.

Son interlocuteur s'empressa de la rassurer.

— Pour lui. Il commande tous ses costumes chez un célèbre tailleur londonien ; il a également laissé d'importantes factures chez Hermès. Pour le reste, il s'agit principalement d'objets d'art et d'antiquités, probablement destinés à orner vos demeures. Quant à la bague, elle a été achetée par une certaine Louise de Beauchamp. La facture a été adressée à votre mari par erreur.

A ces mots, le visage de Marie-Ange s'éclaira. Ils arriveraient toujours à payer les factures et, s'il le fallait, ils pourraient même revendre quelques objets de valeur. Bernard n'avait pas de maîtresse, c'était là l'essentiel aux yeux de Marie-Ange. Une trahison lui aurait brisé le cœur. Le reste du rapport d'enquête lui importait peu, désormais. Comment avait-elle pu douter de l'honnêteté de son propre mari ?

Ignorant le sourire radieux qui flottait sur ses lèvres, le détective poursuivit du même ton monocorde :

— Ce qui est intéressant au sujet de cette femme, c'est qu'elle fut mariée à votre époux il y a sept ans.

Je suppose que vous n'étiez pas au courant car vous me l'auriez signalé.

Marie-Ange haussa les sourcils, incrédule.

— C'est impossible. Sa femme et son fils ont péri dans un incendie, il y a douze ans. Son fils avait quatre ans, à l'époque. Cette femme ment, conclut-elle d'une voix tremblante.

A moins qu'il ne se soit remarié après le drame, mais elle n'y croyait pas. Bernard ne lui aurait pas caché ça, tout de même !

— Les faits que vous me rapportez sont en partie erronés, insista l'enquêteur, désolé pour elle. Le fils de Louise de Beauchamp est mort dans un incendie, c'est exact, mais c'était il y a cinq ans. En outre, votre époux n'était pas le père de l'enfant ; Louise de Beauchamp l'avait eu d'un précédent mariage. Quant à elle, eh bien, elle s'en est sortie. C'est un pur hasard que la facture de cette bague ait été établie au nom de votre mari. Pour prouver ses dires, Louise de Beauchamp m'a montré son livret de famille et quelques coupures de presse relatant l'incendie. Bernard de Beauchamp a touché la prime d'assurance du château dévasté par les flammes. C'est Louise qui l'avait acheté avec son argent, mais les titres de propriété avaient été établis à son nom à lui. Je le soupçonne d'avoir acheté le château de Marmouton avec l'argent de l'assurance. Mais avant votre arrivée, il n'avait pas les fonds nécessaires pour le restaurer. Il n'a pas travaillé depuis son mariage avec Louise.

— Sait-il qu'elle est en vie ? articula Marie-Ange, abasourdie.

Ainsi, Bernard lui aurait menti depuis le début...
non, c'était impossible. Il devait y avoir un malentendu quelque part.

— Forcément. Ils ont divorcé.

— Ce n'est pas possible. Nous nous sommes
mariés à l'église.

— Peut-être a-t-il monnayé la clémence du prêtre,
répondit le détective d'un ton désabusé. J'ai eu une
longue discussion avec Mme de Beauchamp, qui a
formulé le souhait de vous rencontrer, si vous le
désirez, bien sûr. Le cas échéant, elle vous prie de
ne rien dire à votre mari.

Il tendit à Marie-Ange une carte de visite sur
laquelle figuraient les coordonnées de Louise de
Beauchamp. Celle-ci habitait dans le seizième arron-
dissement, avenue Foch.

— Elle porte encore les cicatrices des brûlures qui
l'ont défigurée lors de l'incendie. D'après ce qu'on
m'a dit, elle mène une vie de recluse.

Marie-Ange tombait des nues. Aucun ami de
Bernard n'avait jamais mentionné l'existence de
cette femme et du fils qu'elle avait perdu. Pourquoi ?

— J'ai l'impression qu'elle ne s'est pas encore
remise du décès de son fils, ajouta le détective.

— Mon mari non plus, murmura Marie-Ange, les
yeux pleins de larmes.

A présent qu'elle était maman, la simple idée de
perdre un enfant l'emplissait d'horreur. Qui que fût
réellement cette femme, quelle qu'ait été sa relation
avec Bernard, elle compatissait de tout cœur à sa
peine. Malgré tout, elle refusait encore de croire à
cette histoire abracadabrante. Quelqu'un mentait,

c'était évident... et ce n'était certainement pas Bernard.

— Je crois que vous devriez la rencontrer, madame la comtesse. Elle sait beaucoup de choses sur votre mari, des choses qu'il me semble nécessaire que vous sachiez, vous aussi.

— Quoi, par exemple ?

— Elle le soupçonne d'avoir provoqué l'incendie qui a coûté la vie à son fils.

Louise de Beauchamp soupçonnait également son ex-mari d'avoir tenté de la tuer, mais il préféra ne pas lui en parler. Les révélations qu'il venait de lui faire étaient suffisamment bouleversantes. Mme de Beauchamp lui expliquerait tout cela de vive voix, si elle en éprouvait le besoin.

Une expression indignée se peignit sur le visage de Marie-Ange.

— C'est une accusation extrêmement grave ! C'est peut-être le chagrin qui la pousse à chercher un coupable. Elle ne peut se résoudre à l'hypothèse de l'accident, car elle est toujours sous le choc.

Assaillie par les doutes, les soupçons, les questions sans réponse, elle ne savait plus que penser. L'espace d'un instant, elle regretta même d'avoir contacté un détective... D'un autre côté, l'idée de vivre dans le mensonge lui était insupportable. Qui disait vrai, dans cette incroyable histoire ? Désirait-elle vraiment ouvrir la boîte de Pandore ?

Après le départ de l'enquêteur, Marie-Ange partit se promener dans le verger. Elle avait besoin d'air et de solitude pour tenter d'y voir plus clair.

A ces révélations stupéfiantes venaient se greffer les factures qu'il leur restait encore à régler. Malgré l'insistance de Bernard, Marie-Ange répugnait à réclamer par anticipation le reste de son héritage. L'opération lui semblait trop risquée.

Plongée dans ses réflexions, elle regagna le château et alla nourrir son bébé. Après l'avoir couché dans son berceau, repu et heureux, elle se dirigea vers le bureau et fixa un long moment le téléphone. La carte de visite de Louise de Beauchamp se trouvait au fond de sa poche. Elle y glissa lentement la main. Peut-être devrait-elle d'abord appeler Billy pour lui confier ses tourments. Non, pas avant de connaître la vérité. Elle s'en voudrait de porter à tort des accusations contre Bernard. Il se pouvait que ce dernier préfère simplement oublier son précédent mariage ; quant au garçonnet mort dans l'incendie, peut-être l'avait-il aimé comme son propre fils.

Quelle que fût la vérité, il était à présent trop tard pour reculer : elle devait la connaître. D'une main mal assurée, elle souleva le combiné et composa le numéro de Louise de Beauchamp.

Une voix profonde et mélodieuse répondit à la deuxième sonnerie. Marie-Ange demanda à parler à Louise de Beauchamp.

— C'est elle-même.

Elle retint son souffle, tétanisée par la peur. Elle avait l'impression de se pencher au-dessus d'un miroir et ce qu'elle allait y découvrir l'effrayait d'avance.

— Marie-Ange de Beauchamp à l'appareil, dit-elle dans un souffle.

Un petit soupir de soulagement se fit entendre à l'autre bout du fil.

— Je ne pensais pas que vous m'appelleriez, fit observer son interlocutrice. Pour être franche, je ne sais pas si je l'aurais fait, à votre place. Mais je suis ravie de vous entendre. Il y a certaines choses que j'aimerais vous confier.

Le détective l'avait prévenue que Bernard n'avait pas jugé utile de mentionner son existence à sa jeune épouse, ce qui attisait encore le mépris qu'elle vouait à son ex-mari.

— Pouvez-vous venir me voir à mon domicile ? Je sors rarement de chez moi, expliqua-t-elle d'une voix douce.

En tentant d'échapper aux flammes, Louise de Beauchamp avait été gravement brûlée au visage. Malgré de nombreuses interventions de chirurgie esthétique, son visage portait encore de vilaines cicatrices.

— Je viendrai à Paris, déclara Marie-Ange, luttant contre la vague de peur qui montait en elle.

Son instinct lui soufflait que la confiance qu'elle portait à son mari était en péril. Des sentiments contradictoires la tiraillaient : elle aurait voulu prendre ses jambes à son cou, fermer les yeux et se boucher les oreilles ; en même temps, elle tenait à connaître le fin mot de l'histoire, il y allait de son salut. De celui de son couple, aussi.

— Quand pourrez-vous me recevoir ?

163

— Est-ce que demain vous conviendrait ? proposa Louise, de la même voix douce.

Elle n'avait aucune intention de blesser Marie-Ange, au contraire : elle voulait simplement lui sauver la vie. D'après ce que lui avait dit le détective, Marie-Ange était en danger, et peut-être même ses enfants.

— Ou après-demain, si vous préférez ?

Marie-Ange poussa un soupir.

— Je viendrai dès demain ; je serai à Paris en fin d'après-midi.

— A 17 heures, si vous voulez ?

— C'est parfait. Puis-je amener mon bébé ? Je l'allaite, vous comprenez...

Elle laisserait Héloïse au château, en compagnie de la nourrice.

— Je serai ravie de le voir, au contraire, répondit gentiment Louise.

— A demain, 17 heures, conclut Marie-Ange avant de raccrocher.

Si seulement elle ne s'était pas sentie à ce point obligée d'y aller ! Malheureusement, elle n'avait pas le choix. A présent qu'elle s'était engagée sur cette voie solitaire et périlleuse, il lui était impossible de reculer. Elle espérait seulement que tout finirait par s'arranger et qu'elle reviendrait gonflée d'amour, forte d'une confiance toute neuve en son mari.

Dans son appartement parisien, Louise reposa doucement le combiné. Empreint d'une tristesse infinie, son regard se posa sur la photo de son petit garçon qui lui souriait.

Il s'était passé tant de choses, depuis.

10

Le trajet jusqu'à Paris lui parut interminable. Elle dut s'arrêter pour allaiter son bébé. Il faisait froid dehors et de violentes rafales de vent balayaient la route. Elle arriva à Paris à 16 h 30 ; la circulation était déjà dense et elle s'arrêta avenue Foch à peine cinq minutes avant l'heure de son rendez-vous avec Louise de Beauchamp. Marie-Ange ne savait absolument rien de l'ex-épouse de Bernard ; celui-ci ne lui avait jamais montré de photo, ni de sa femme, ni de son fils — ce qui lui semblait étrange, maintenant qu'elle y réfléchissait. Peut-être avait-il préféré tourner la page sur cette période douloureuse. Toutefois, le mystère demeurait entier : pourquoi avait-il prétendu que son ex-femme était morte ?

Elle eut un choc quand la porte s'ouvrit sur une femme d'environ trente-huit ans, grande et élancée, vêtue avec une élégance raffinée. Ses cheveux blonds flottaient librement sur ses épaules, masquant en partie son visage. Quand elle s'effaça pour la laisser entrer, Marie-Ange comprit pourquoi elle n'attachait pas ses cheveux. D'un côté, ses traits étaient fins et délicats, son teint diaphane, tandis que de l'autre, la peau semblait avoir fondu. A l'évidence, les tentatives de chirurgie plastique et les greffes de peau avaient échoué, laissant d'horribles cicatrices.

— Merci d'être venue, madame la comtesse, dit-elle en détournant rapidement son visage.

Son allure distinguée dissimulait mal l'impression de vulnérabilité qui émanait d'elle. Elle conduisit Marie-Ange à un salon luxueusement décoré. Elles prirent place dans des fauteuils Louis XV et Marie-Ange garda son bébé endormi dans ses bras.

Louise de Beauchamp esquissa un sourire en baissant les yeux sur le nourrisson. Son regard reflétait une grande tristesse.

— J'ai rarement l'occasion de voir des bébés. En réalité, je ne vois presque personne.

Elle lui proposa quelque chose à boire mais Marie-Ange refusa. Elle était impatiente d'entendre ce que cette femme tenait tant à lui dire.

— Je suis consciente que la situation doit être pénible pour vous, commença Louise avec un regain d'assurance.

Elle chercha le regard de Marie-Ange avant de continuer.

— Vous ne me connaissez pas. Vous n'avez aucune raison de croire en ma bonne foi, mais j'espère sincèrement que pour votre salut, et celui de vos enfants, vous prendrez le temps de m'écouter et resterez ensuite sur vos gardes.

Elle marqua une pause, inspira profondément et reprit la parole en dérobant la partie de son visage abîmée à Marie-Ange. Celle-ci la considérait avec une angoisse grandissante. Elle semblait avoir toute sa tête et bien qu'elle dégageât une impression de profonde mélancolie, il n'y avait ni amertume ni colère dans sa voix. Au contraire : elle poursuivit son récit avec un calme terrifiant.

— Bernard et moi nous sommes rencontrés lors d'une soirée à Saint-Tropez. Il savait déjà tout de moi, à l'époque. Mon père était un homme d'affaires très réputé, qui possédait de nombreux biens immobiliers un peu partout en Europe ; il négociait aussi d'importants contrats pétroliers à Bahreïn. Bien sûr, Bernard était au courant de tout cela ; il savait également que mon père venait de mourir. Ma mère est décédée quand j'étais enfant. Je n'avais donc plus de famille, j'étais seule au monde et j'étais surtout très jeune, bien qu'un peu plus âgée que vous. Il m'a courtisée avec une ardeur pleine de charme, tout s'est passé très vite entre nous. Nous nous connaissions à peine qu'il me déclarait sa flamme et me demandait en mariage. Il souhaitait fonder une famille au plus vite. J'avais déjà un enfant issu d'une première union. Charles, mon fils, avait deux ans quand j'ai rencontré Bernard. Il l'adorait. Il faut dire que Bernard s'en occupait merveilleusement bien, à tel point que j'ai tout de suite vu en lui un père idéal et un époux parfait. Mon premier mariage avait tourné au fiasco ; mon ex-mari ne voyait plus son fils. Charles avait désespérément besoin d'un père et j'étais follement amoureuse de Bernard. Au point de le coucher sur mon testament aussitôt après notre mariage, au même rang que Charles. C'était à mon sens la moindre des choses et puis, je n'avais pas l'intention de mourir de sitôt ! Hélas, j'ai commis l'erreur d'en parler à Bernard. Nous possédions une demeure à la campagne, un château en Dordogne que mon père m'avait légué, où nous passions beaucoup de temps. Bernard avait amassé un nombre impressionnant de factures impayées, mais c'est une autre histoire. Il m'aurait ruinée si je l'avais laissé faire... Dieu merci, les avocats de mon père surveillaient étroitement mon héritage. A leur demande, j'ai finalement refusé de continuer à payer les factures qu'il me présentait, arguant qu'il devrait désormais assumer ses responsabilités. Ce jour-là, il est entré dans une colère noire. J'ai découvert plus tard que ses dettes s'élevaient à plusieurs millions de francs ; désireuse d'éviter tout scandale, j'ai réglé ses factures. Nous étions en Dordogne, cet été-là.

Elle s'interrompit un moment, plongée dans des souvenirs toujours aussi douloureux. En voyant son visage se crisper, Marie-Ange se prépara à entendre la suite.

— Charles était avec nous... reprit-elle d'une voix à peine audible. C'était un beau petit garçon de quatre ans, blond comme les blés. Il vouait une admiration sans borne à Bernard, alors que je commençais à déchanter sérieusement. Sa capacité à jeter l'argent par les fenêtres m'horrifiait.

Ses paroles résonnèrent désagréablement aux oreilles de Marie-Ange.

— Une nuit, un terrible incendie se déclara au château ; les flammes dévastèrent la moitié de la bâtisse avant que nous nous en rendions compte. Je me suis aussitôt précipitée à l'étage pour récupérer mon fils. Il dormait au-dessus de nous et la gouvernante était sortie. Quand je suis arrivée en haut, j'ai surpris Bernard…

Sa voix n'était plus qu'un murmure.

— … en train de verrouiller la chambre de Charles de l'extérieur. Je me suis ruée sur lui pour tenter d'ouvrir la porte mais il a refusé de me donner la clé. Avec la force du désespoir, je l'ai frappé, je lui ai arraché la clé des mains et je me suis engouffrée dans la chambre. Charles était toujours dans son lit ; je l'ai pris dans mes bras, mais quand j'ai voulu sortir, la porte était bloquée. Bernard avait placé un meuble dans l'embrasure. Je ne pouvais pas sortir.

— Oh mon Dieu… articula Marie-Ange, le visage baigné de larmes.

D'instinct, elle serra Robert contre sa poitrine.

— Qu'avez-vous fait ?

— Les pompiers sont arrivés ; ils ont tendu un filet sous la fenêtre. J'étais terrifiée à l'idée de jeter mon fils dans le vide ; je l'ai serré longuement dans mes bras, incapable de sauter.

Les sanglots redoublèrent alors que les souvenirs l'assaillaient avec une cruelle acuité. Malgré la peine qui lui nouait la gorge, elle avait la ferme intention d'aller jusqu'au bout de son récit. Pour Marie-Ange, pour ses enfants.

— J'ai attendu trop longtemps, reprit-elle dans un hoquet. Mon fils est mort dans mes bras, asphyxié. Je le serrais toujours contre moi quand je me suis enfin décidée à sauter. Les pompiers ont essayé de le réanimer, en vain. C'était trop tard. Ils trouvèrent Bernard au rez-de-chaussée. Au bord de l'hystérie, il clamait à qui voulait l'entendre qu'il avait tout fait pour nous porter secours. C'est faux. J'ai raconté à la police ce qu'il avait fait et ils ont voulu vérifier, bien entendu. Il n'y avait rien devant la porte de la chambre. Bernard avait pris soin, dès que j'avais sauté, d'enlever ce qu'il avait mis. Au commissariat, il a prétendu que j'étais incapable d'accepter la fatalité. J'avais besoin d'accuser quelqu'un pour me déculpabiliser de la mort de mon fils. Il a pleuré tout au long de l'interrogatoire et, bien sûr, les policiers l'ont cru. Il leur a dit que j'étais quelqu'un d'instable, que je nourrissais pour mon fils un attachement tout à fait inhabituel. Je ne possédais aucune preuve contre lui ; s'il nous avait tués tous les deux, il aurait hérité de la fortune de mon père et serait devenu immensément riche. Plus tard, les pompiers ont établi que le feu avait pris dans le grenier et qu'il était d'origine électrique : ils avaient retrouvé un câble complètement effiloché. Je soupçonne Bernard d'avoir été à l'origine de l'incendie, mais, une fois de plus, je n'ai aucune preuve concrète. Tout ce que je sais, c'est ce que mes yeux ont vu : il a enfermé Charles à double tour dans sa chambre et ensuite, il a bloqué la seule issue pour nous empêcher de sortir. Je sais ce que j'ai vu, madame la comtesse, je sais aussi que mon fils en est mort.

Son regard perçant fit tressaillir Marie-Ange. Il eût été plus facile, moins douloureux aussi, de la prendre pour une déséquilibrée. Ou de croire qu'elle avait besoin de rejeter la faute sur quelqu'un d'autre, comme l'avait suggéré Bernard. Hélas, quelque chose dans son histoire, dans la manière dont elle la racontait, l'emplit d'effroi. Si elle disait vrai, alors Bernard était un monstre doublé d'un assassin... il aurait tout aussi bien pu étrangler le garçonnet de ses propres mains.

— Je ne vous connais pas, reprit Louise en considérant la jeune femme assise en face d'elle, tenant dans ses bras son bébé endormi, visiblement bouleversée par ce qu'elle venait d'entendre, mais il semblerait que vous soyez vous aussi à la tête d'une fortune considérable, sans famille pour vous protéger. Vous êtes très jeune, peut-être vous êtes-vous entourée de bons avocats, peut-être même avez-vous été plus raisonnable que moi dans la gestion de votre patrimoine. Mais si vous avez fait figurer Bernard dans votre testament ou, pire encore, si vous n'avez encore rien rédigé, le désignant ainsi comme unique héritier si vous mourez ab intestat, sachez que vous êtes en grand danger, vous et vos enfants. Et s'il s'est de nouveau endetté, le danger est imminent.

Plongeant son regard embué de larmes dans celui de Marie-Ange, elle conclut avec force :

— Si vous étiez ma fille ou ma sœur, je vous supplierais de prendre vos enfants et de partir... pour votre salut.

Marie-Ange secoua la tête, en proie à un désarroi indicible.

— C'est impossible, murmura-t-elle d'une voix étranglée. Je l'aime et il est le père de mes enfants. Il a des dettes, c'est vrai, mais je les réglerai. Il n'a aucune raison de vouloir nous faire du mal. Il n'a qu'à demander : je lui donnerai tout ce qu'il voudra, déclara-t-elle en s'efforçant de garder la tête froide.

— Aucune source n'est intarissable, fit observer Louise. Quand la vôtre sera asséchée, il vous quittera. Mais avant ça, il vous aura soutiré jusqu'au dernier centime. Et s'il peut toucher davantage en cas de décès, il trouvera le moyen de vous faire disparaître. La cupidité de cet homme est sans limite, Marie-Ange. C'est un véritable monstre. Vous auriez dû le voir à l'enterrement de Charles, il semblait terrassé par le chagrin, mais il ne m'a pas dupée. Il a tué mon fils. Et je ne porte pas cette accusation à la légère, croyez-moi. Malheureusement, je ne pourrai jamais le prouver. Mais vous, Marie-Ange, je vous en supplie, veillez bien sur vos enfants. Bernard de Beauchamp est un homme dangereux.

Un silence chargé d'émotion emplit la pièce. Les deux femmes se dévisagèrent longuement. Presque malgré elle, Marie-Ange croyait l'histoire de Louise. Même si elle avait imaginé que quelque chose bloquait la porte, comment expliquer que Bernard ait enfermé l'enfant dans sa chambre ? Peut-être avait-il essayé de se protéger du feu et de la fumée... ou peut-être avait-il paniqué, tout simplement.

A moins qu'il soit réellement le monstre dont parlait Louise de Beauchamp. Marie-Ange ne savait plus que penser. La stupeur se mêlait à l'effroi, les mots lui manquaient pour décrire le tumulte d'émotions qui l'agitait.

— Je suis désolée, murmura-t-elle finalement.

La femme qui se trouvait en face d'elle avait tant souffert, tant perdu, aussi... Elle la regarda avec compassion.

— Bernard m'a raconté que vous aviez péri dans l'incendie avec votre fils et que le drame remontait à douze ans.

Cela faisait cinq ans, en réalité, et trois qu'ils étaient divorcés.

— Il ne m'a jamais dit que Charles n'était pas son fils biologique, ajouta-t-elle à mi-voix.

Un pâle sourire joua sur les lèvres de Louise.

— Il aimerait tant que je sois morte. Il a beaucoup de chance, vous savez. Je sors rarement, je vois peu de monde. Après l'enquête, j'ai longtemps vécu en recluse. A ses yeux et dans l'univers confortable qu'il s'est recréé, je n'existe plus. J'ai renoncé à essayer de faire entendre ma voix. Je sais ce qui s'est passé. Et Bernard aussi, même s'il s'en défend. Restez sur vos gardes, répéta-t-elle en se levant.

Elle semblait épuisée ; ses yeux étaient rougis par toutes les larmes qu'elle avait versées.

— Si jamais il vous arrivait quelque chose, à vous ou à vos enfants, je témoignerais contre lui. Mes paroles n'ont peut-être aucun sens pour vous aujourd'hui, mais il se pourrait bien que vous vous en souveniez un jour. Ceci dit, j'espère de tout cœur que vous n'aurez jamais besoin de moi.

— Moi aussi, renchérit Marie-Ange tandis qu'elles se dirigeaient vers la porte d'entrée.

Dans ses bras, le bébé remua légèrement.

— Méfiez-vous de lui, martela encore Louise lorsqu'elles se serrèrent la main quelques instants plus tard.

— Merci de m'avoir reçue, fit Marie-Ange.

Elle descendit l'escalier, secouée de violents tremblements. Des larmes baignaient encore ses joues — elle pleurait pour Louise, pour son fils disparu et pour elle, aussi. Elle eut envie d'appeler Billy pour tout lui raconter, mais cela ne changerait rien.

Elle avait besoin d'être seule pour réfléchir.

Il était presque 19 heures quand elle sortit de l'immeuble cossu. Elle passerait la nuit à l'appartement, bien que Bernard s'y trouvât aussi. La simple idée de le revoir l'emplissait d'appréhension. Pourvu qu'il ne remarque aucun changement en elle...

Bernard revenait tout juste d'une réunion avec l'architecte de leur hôtel particulier quand elle arriva à l'appartement. Les travaux étaient presque terminés ; la demeure serait habitable après le 1er janvier. Il eut l'air agréablement surpris de la voir. Lorsqu'il se pencha sur le bébé pour l'embrasser, Marie-Ange ne put s'empêcher de songer au petit garçon qui avait péri dans l'incendie et à cette femme défigurée.

— Que fais-tu à Paris, mon cœur ? Quelle merveilleuse surprise !

Devant sa joie, une vague de culpabilité submergea Marie-Ange. Avait-elle eu raison de croire l'histoire de Louise ? Et si cette femme, folle de chagrin, recherchait désespérément un bouc émissaire pour tenter de surmonter sa peine ?

Cette pensée la fit tressaillir. Bernard l'enlaça tendrement et une vague de compassion et d'amour monta de nouveau en elle. Elle refusait de croire Louise, elle ne voulait pas croire que son mari était le monstre qu'elle lui avait dépeint. Bernard ne lui avait peut-être pas révélé l'existence de son ex-femme pour éviter de devoir lui parler des accusations ignobles que cette dernière avait portées contre lui. Il y avait bien une explication à tout cela : peut-être avait-il craint de la perdre ou de la blesser en lui racontant ce terrible accident. Bernard n'était qu'un être humain, après tout, il avait ses peurs et ses faiblesses, comme tout le monde.

— Allons dîner dans un petit restaurant, d'accord ? Tu ne m'as toujours pas dit quel bon vent t'a amenée jusqu'ici, ajouta-t-il en lui adressant un sourire radieux.

Marie-Ange se sentit tiraillée par des sentiments contradictoires : elle aimait son mari, passionnément, mais en même temps elle en avait peur.

— Tu me manquais, répondit-elle simplement.

Il prit ses lèvres dans un tendre baiser. Sa gentillesse et sa douceur ravivèrent le sentiment de culpabilité de Marie-Ange. Tout à coup, elle se mit à douter de tout ce que lui avait raconté Louise de Beauchamp. Le seul détail qu'elle ne pouvait nier concernait la nature dépensière de son mari. Mais ce n'était pas un défaut irréversible ; avec le temps, peut-être apprendrait-il à mieux gérer son budget.

Pendant le dîner, il la fit rire aux éclats en lui racontant une anecdote cocasse sur un de leurs amis.

175

Quand Robert s'agita, il le prit dans ses bras et le berça doucement.

Plus tard, lorsqu'ils allèrent se coucher, Marie-Ange resta un long moment éveillée, ressassant les événements de la journée. Louise de Beauchamp mentait, c'était certain. Derrière son apparence digne et réservée, cette femme était pétrie d'amertume et de jalousie.

Marie-Ange ne parla pas à Bernard de leur entrevue. Malgré tout, elle se sentait désolée pour Louise, mais plus au point de croire à son terrifiant récit. Cela faisait deux ans que Marie-Ange vivait avec Bernard ; ils avaient deux enfants ensemble. Son mari n'était pas un meurtrier. Il n'aurait pas fait de mal à une mouche. Son seul travers, songea rêveusement Marie-Ange en s'endormant dans ses bras, concernait l'argent. Il n'était pas veuf, et alors ? Elle comprenait ses réticences à revenir sur ce douloureux épisode. Issu de l'aristocratie, catholique pratiquant, le divorce restait à ses yeux un grave péché. Quelles qu'aient été ses raisons, elle lui pardonnait. Cet homme qu'elle aimait plus que tout n'avait pas tué le fils de Louise. C'était tout simplement inconcevable.

11

Accablée par le remords et la culpabilité après sa rencontre avec Louise de Beauchamp, Marie-Ange redoubla de compréhension en découvrant que Bernard s'était encore endetté. Il s'était bien gardé de lui en parler, mais il avait oublié de régler le loyer de leur maison de vacances et la location du bateau. Elle paya donc la facture, s'estimant soulagée qu'il ne s'agisse que d'argent.

La restauration de l'hôtel particulier était presque terminée. Devant le nombre grandissant de factures à payer, Marie-Ange décida de piocher une fois encore dans son héritage. Les placements que Bernard laissait fructifier depuis deux ans ne s'étant toujours pas concrétisés, elle cessa même de lui en parler. Avaient-ils jamais existé ? Marie-Ange commençait à en douter. De toute façon, elle s'en moquait. Elle pouvait toujours se reposer sur sa propre fortune ; en outre, ils possédaient deux splendides demeures. Leurs enfants étaient en bonne santé et ils s'aimaient. N'était-ce pas l'essentiel ?

Elle s'efforça tant bien que mal de chasser de son esprit son entretien avec Louise de Beauchamp. A l'évidence, celle-ci avait tenté de nuire à la réputation de Bernard en portant contre lui d'effroyables accusations. Marie-Ange se sentait davantage désolée que furieuse : nul doute qu'elle perdrait aussi la tête si l'un de ses enfants venait à disparaître. Bernard, Héloïse et Robert étaient ses seules raisons de vivre. Elle savait que le chagrin pouvait pousser un être humain à de terribles extrémités.

Le jour où Bernard envisagea d'acheter un palais à Venise ou une maison à Londres, elle le rabroua comme un petit garçon qui réclame toujours plus de bonbons. Il parla même de se rendre en Italie pour voir un yacht à vendre. Un appétit insatiable pour les belles demeures et les objets de luxe le tenaillait en permanence. Heureusement, Marie-Ange surveillait de près ses dépenses et l'empêchait régulièrement de commettre des folies. Robert avait trois mois quand il parla d'avoir un troisième enfant. Séduite par l'idée, Marie-Ange préféra néanmoins attendre encore un peu avant d'entamer une nouvelle grossesse. Rayonnante de bonheur, elle avait retrouvé sa silhouette de jeune fille et se sentait parfaitement bien dans sa peau. C'était d'ailleurs pour cette raison qu'elle désirait passer un peu de temps avec Bernard avant de songer à faire un autre enfant. Ils projetaient de partir en Afrique l'hiver suivant et Marie-Ange se réjouissait déjà du dépaysement. A l'approche de Noël, ils décidèrent d'organiser une grande réception à Marmouton ; et ils avaient également l'intention de pendre la crémaillère, courant janvier, dans leur hôtel particulier de la rue de Varenne.

Très absorbée par ses enfants, Marie-Ange prit tout de même le temps d'appeler Billy, un peu avant Noël. Elle voulait connaître la date de son mariage, bien décidée à y assister. Mais l'Iowa lui semblait à l'autre bout du monde, maintenant qu'elle avait la charge d'une famille ! Billy lui demanda en riant si elle était encore enceinte. Puis, alors qu'ils s'apprêtaient à raccrocher, il demanda d'une voix empreinte de gravité :

— Tout va bien, n'est-ce pas, Marie-Ange ?

— Très bien, je t'assure. Pourquoi me demandes-tu cela ?

Billy avait toujours eu une espèce de sixième sens pour tout ce qui la concernait. Marie-Ange le rassura : elle se portait comme un charme, ses enfants grandissaient à vue d'œil. Par loyauté envers Bernard, elle ne lui parla pas de son entrevue avec Louise de Beauchamp. Billy se méfiait déjà de son mari, à quoi bon attiser son inquiétude ?

— Parce que je me fais du souci pour toi, c'est tout. N'oublie pas que je n'ai toujours pas fait la connaissance de ton mari. Comment puis-je être sûr qu'il est aussi fabuleux que tu le prétends ?

— Fais-moi confiance, répondit Marie-Ange.

Elle sourit en songeant à sa tignasse rousse et à ses joues constellées de taches de rousseur.

— C'est quelqu'un de formidable, vraiment.

Il y eut un petit silence. Si l'éloignement le faisait souffrir, Billy partageait malgré tout le bonheur de son amie. Ce n'était que justice, après les tristes années qu'elle avait vécues chez Carole Collins.

— As-tu eu des nouvelles de ta tante, récemment ?

Agée de plus de quatre-vingts ans, Carole voyait sa santé se dégrader, au fil du temps. Marie-Ange lui avait envoyé une carte de Noël accompagnée d'une photo de ses enfants, mais elle doutait que sa tante ait apprécié l'attention. Pour la nouvelle année, Carole écrivait toujours un mot bref à Marie-Ange ; elle espérait que sa petite famille se portait bien, rien de plus.

— Alors, tu es toujours décidée à venir à mon mariage en juin ? demanda Billy.

— Je vais tout faire pour.

— Ma mère dit que tu peux amener tes enfants.

C'était un long voyage pour de jeunes enfants et, si Bernard réussissait à la convaincre, elle serait sans doute enceinte d'ici là. Malgré tout, elle essaierait de se libérer.

Ils bavardèrent encore un moment, jusqu'au retour de Bernard. Après avoir raccroché, Marie-Ange alla l'embrasser.

— Avec qui parlais-tu ? voulut-il savoir, toujours curieux de ce qu'elle faisait.

— Avec Billy. Il compte vraiment sur nous à son mariage, tu sais. C'est au mois de juin.

— Nous avons encore le temps d'y penser, répliqua-t-il dans un sourire.

Pour lui, les Etats-Unis se limitaient à Los Angeles et New York. Il était également allé à Palm Beach à plusieurs reprises, mais jamais il n'aurait mis les pieds dans une ferme perdue au fin fond de l'Iowa. Il s'était

récemment offert une panoplie de bagages en croco-
dile et Marie-Ange riait déjà sous cape en imaginant
son arrivée à la ferme des Parker, avec ses précieuses
valises bringuebalées à l'arrière du vieux pick-up.

Marie-Ange avait très envie d'y retourner. Le
moment propice finirait bien par se présenter. Elle
avait invité Billy à venir passer sa lune de miel à Marmouton ; ils pourraient ensuite rester quelque temps
à Paris, dans leur nouvelle demeure. Sa proposition
l'avait fait rire. Debbi et lui avaient renoncé à passer
une semaine au Grand Canyon, jugeant le séjour
trop coûteux ; même un simple week-end à Chicago
grèverait sévèrement leur budget. Alors la France...
La France appartenait au domaine du rêve. Tout
l'argent qu'ils gagnaient était aussitôt réinvesti dans
la ferme.

— Qu'as-tu fait aujourd'hui, ma chérie ? s'enquit
Bernard, un peu plus tard, alors qu'ils dînaient en
tête à tête.

Ils avaient engagé une cuisinière et Marie-Ange
disposait ainsi de plus de temps pour ses enfants.
Mais elle regrettait le plaisir de préparer de bons
petits plats à son époux.

— Pas grand-chose. J'ai continué à organiser
notre repas de Noël et je suis allée faire quelques
courses en ville. Puis j'ai pris le temps de jouer avec
les enfants. Et toi ?

Un sourire énigmatique joua sur ses lèvres.

— Si tu veux tout savoir, commença-t-il avec une
lenteur délibérée, j'ai acheté un puits de pétrole.

Marie-Ange fronça les sourcils.

— Pardon ?

Elle espérait qu'il s'agissait d'une blague. Hélas, il semblait très sérieux, et surtout très fier de lui.

— J'ai acheté un puits de pétrole, répéta-t-il. Au Texas. Cela faisait déjà un moment que j'étais en pourparlers avec la société qui détient les parts. Nous allons gagner beaucoup d'argent grâce à cette opération. Cette société a déjà réalisé d'importants bénéfices en Oklahoma, expliqua-t-il en la gratifiant d'un sourire rayonnant.

— Avec quel argent l'as-tu acheté ? demanda Marie-Ange, la gorge nouée par une boule d'angoisse.

— Avec un billet à ordre. Je connais bien les directeurs de cette boîte.

— A combien s'élève ta part ?

L'évidente nervosité de Marie-Ange lui arracha un autre sourire.

— C'est une affaire, crois-moi. Ils m'ont autorisé à régler la moitié de la somme avec un billet à ordre de huit cent mille dollars. Je n'aurai pas à payer la seconde moitié avant l'an prochain.

Une sueur froide enveloppa Marie-Ange. Il ne paierait jamais rien de sa poche, c'était couru d'avance. Comme d'habitude, il comptait sur elle et, comme d'habitude, elle devrait expliquer à son banquier qu'elle avait encore besoin d'une avance. Deux ans plus tôt, son héritage s'élevait à dix millions de dollars, une fortune colossale. Mais l'argent filait entre les doigts de Bernard à une vitesse prodigieuse. Jusqu'où irait-il, comme ça ?

— Je suis désolée, Bernard, nous ne pouvons nous permettre une telle folie. Les factures de la maison viennent juste d'être réglées.

— Voyons, chérie, coupa-t-il d'un ton moqueur avant de déposer sur ses lèvres un léger baiser. Tu es une femme très riche, tu sais. Tu profiteras de ta fortune toute ta vie. Grâce à cette opération, nous allons gagner le gros lot. Fais-moi confiance, je connais bien ces gens-là. Ils maîtrisent parfaitement leurs opérations.

— Quand dois-tu payer ?

— A la fin de l'année, répondit-il avec désinvolture.

Marie-Ange retint son souffle.

— C'est dans deux semaines, Bernard !

— Si je le pouvais, je paierais moi-même, crois-moi. Ton conseiller me remerciera de t'avoir rendu ce service, affirma-t-il sans ciller.

Marie-Ange ne ferma pas l'œil de la nuit, tenaillée par une peur incontrôlable. A la première heure le lendemain, elle appela sa banque et exposa ses soucis à ses conseillers qui, loin de remercier Bernard, refusèrent catégoriquement de lui avancer la somme due, arguant que cette transaction relevait de la folie.

Elle attendit le lendemain midi pour annoncer la nouvelle à Bernard. A sa grande surprise, ce dernier s'emporta violemment.

— Bon sang, ce n'est pas possible d'être aussi borné ! Et maintenant, que dois-je faire, moi ? J'ai donné ma parole. Ils vont me prendre pour un menteur... qui sait même s'ils ne me poursuivront pas en justice ! J'ai signé les papiers il y a deux jours, tu le savais, Marie-Ange. Rappelle ta banque, dis-leur qu'il te faut *absolument* cet argent !

— C'est ce que j'ai fait, figure-toi. Nous aurions peut-être dû leur en parler avant la signature.

— Ils te traitent en mendiante, à la fin ! Je les appellerai personnellement demain, conclut-il, laissant entendre qu'elle n'avait pas su se débrouiller.

Le lendemain, Bernard essuya le même refus, dans des termes moins courtois. « Les vannes sont fermées, monsieur », lui dit-on sans ambages. Lorsqu'il rapporta à Marie-Ange le bref échange, il était furieux contre elle.

— Est-ce toi qui leur as demandé d'agir ainsi ? aboya-t-il d'un ton suspicieux.

— Bien sûr que non, enfin ! Le problème, c'est que nous avons déjà investi beaucoup d'argent dans nos deux propriétés.

Bernard avait en outre dépensé cinq millions de francs supplémentaires en objets d'art et autres transactions infructueuses. Ses conseillers s'étaient montrés très clairs : ils désiraient avant tout la protéger et préserver ce qu'il restait de sa fortune dans son intérêt et celui de ses enfants. Elle était encore jeune, l'avenir lui appartenait. Si elle n'arrivait pas à freiner son mari, ils s'en chargeraient à sa place.

Les jours qui suivirent furent un véritable cauchemar. Fou de rage, Bernard tournait en rond comme un lion en cage. Il s'en prit à Marie-Ange à plusieurs reprises, l'accusant de vouloir l'humilier. Il se comportait comme un enfant gâté à qui on vient de refuser un nouveau jouet. Hélas, Marie-Ange ne pouvait rien y faire. Les repas se déroulaient dans un silence pesant.

A la fin du week-end suivant, Bernard rentra d'un court séjour à Paris et demanda à lui parler en tête à tête dans son bureau. Il prit la parole avec un détachement effrayant : au vu de la méfiance qu'elle lui témoignait et de l'attitude humiliante de sa banque qui le traitait comme un gigolo, il avait décidé de la quitter. Cette situation lui était insupportable.

— J'ai pris tes intérêts à cœur depuis le début, Marie-Ange, fit-il observer d'un ton peiné. Te rends-tu compte que je t'ai hébergée chez moi alors que je ne te connaissais même pas, simplement parce que j'avais senti à quel point c'était important pour toi ? J'ai dépensé une fortune pour restaurer ce château que tu chéris tant parce qu'il fait partie de ton enfance perdue. J'ai acheté l'hôtel particulier à Paris car j'estimais que tu méritais une vie plus mondaine que celle que tu mènes ici, dans ton refuge de campagne. Je travaille pour toi et pour nos enfants depuis le jour de notre rencontre. Mais voilà qu'aujourd'hui, je découvre avec stupeur que tu ne me fais pas confiance. Désolé, Marie-Ange, je ne peux pas continuer à vivre ainsi.

Ses paroles lui firent l'effet d'une gifle. L'idée de le perdre lui déchira le cœur. Elle avait deux enfants en bas âge, peut-être même était-elle enceinte. Jamais elle ne pourrait supporter de se trouver une fois encore seule au monde, avec deux enfants à élever, abandonnée par l'homme qu'elle aimait. Pas un instant elle ne songea à souligner que « la fortune » qu'il avait soi-disant dépensée pour restaurer le château était en réalité la sienne. C'était elle aussi qui avait payé leur maison de la rue de Varenne, après qu'il eut signé le contrat de vente, sans même lui en parler, tout comme il venait de signer le billet à ordre de huit cent mille dollars sans lui demander son avis.

— Je suis désolée, Bernard… sincèrement désolée, articula-t-elle d'une voix à peine audible. Ce n'est pas ma faute. La banque refuse de m'avancer cette somme.

— Détrompe-toi, Marie-Ange, tout ceci est bel et bien *ta* faute, riposta-t-il méchamment. Ces gens travaillent pour toi. Explique-leur clairement tes exigences. A moins que tu ne désires m'humilier publiquement en refusant de payer une dette que j'ai contractée spécialement pour toi. Car c'est toi, au même titre qu'Héloïse et Robert, qui récolterais le bénéfice de cette transaction.

Son visage trahissait un mélange d'indignation et de chagrin. L'espace d'un instant, Marie-Ange eut l'impression de lui avoir tiré une balle en plein cœur, alors qu'en fait il était en train de briser le sien.

— Ce ne sont pas mes employés, Bernard, tu le sais pertinemment. Ce sont eux qui prennent les décisions importantes, pas moi, conclut-elle d'un ton plaintif.

— Je sais aussi que tu pourrais leur intenter un procès si tu voulais vraiment obtenir gain de cause.

Marie-Ange écarquilla les yeux.

— C'est vraiment ce que tu attends de moi ?

— Si tu m'aimais, tu l'aurais déjà fait, répondit-il.

Quand Marie-Ange appela de nouveau sa banque le lendemain, son conseiller resta sur ses positions : il ne débloquerait pas la somme qu'elle demandait.

Et lorsqu'elle les menaça d'un procès, il lui fit clairement comprendre qu'elle n'obtiendrait pas gain de cause. Ils prouveraient facilement que sa fortune était en danger, les retraits exorbitants parlaient d'eux-mêmes. Dans ces conditions et au vu de son jeune âge, aucun juge n'accepterait de remettre en cause les clauses du contrat. Elle n'avait que vingt-trois ans ; en face d'elle, Bernard ferait figure d'un époux cupide et sans scrupule, même si le banquier se garda bien de le lui dire aussi crûment.

La mort dans l'âme, elle fit part à Bernard de sa conversation téléphonique. D'un ton glacial, son mari lui répondit qu'il lui ferait savoir en temps voulu ce qu'il avait décidé. De toute façon, il l'avait déjà prévenue : il risquait fort de la quitter si elle ne trouvait pas un moyen de payer sa dette. Deux semaines, c'était tout ce dont elle disposait.

Marie-Ange était encore bouleversée le soir de leur réception de Noël. Cela faisait plusieurs jours que Bernard ne lui adressait pas la parole. Humilié, blessé dans son orgueil, il lui faisait payer cher le refus de sa banque.

Marie-Ange refoula à grand-peine sa nervosité pour accueillir leurs invités. Fidèle à lui-même, Bernard affichait une expression digne, imperturbable. Il portait une nouvelle veste de smoking qu'il avait fait faire à Londres, un pantalon à la coupe impeccable et des chaussures en cuir verni faites sur mesure.

Quant à Marie-Ange, elle avait revêtu une longue robe en satin rouge qu'il avait achetée chez Dior. Terrifiée à l'idée qu'il la quitterait bientôt, la jeune femme n'avait guère le cœur à s'amuser. Bernard semblait lui reprocher de ne pas croire qu'il œuvrait pour son bonheur.

En continuant à l'ignorer superbement, il conduisit leurs invités dans la salle à manger. Plus tard, quand les premières notes de musique s'élevèrent, il fit danser toutes les femmes, à l'exception de son épouse. La soirée fut un vrai calvaire.

Il restait encore une poignée d'invités quand quelqu'un fit remarquer qu'une odeur de brûlé flottait dans l'air. Alain Fournier, le gardien du château, était en train d'aider le traiteur et ses employés à ranger leurs affaires. Il partit sur-le-champ voir ce qui se passait. Au début, les serveuses crurent qu'il s'agissait du four qu'elles étaient en train de nettoyer ; une autre voix s'éleva : n'était-ce pas plutôt les bougies qui brillaient dans toutes les pièces de la demeure... ou peut-être les cigares qu'avaient fumés certains invités ? Désireux d'en avoir le cœur net, Alain inspecta le premier étage puis monta au second. Là, il découvrit qu'une bougie avait basculé sur les lourdes tentures damassées. Les glands qui ornaient le tissu avaient aussitôt pris feu et un pan entier du rideau était en train de brûler.

Avec des gestes rapides, Alain l'arracha de la tringle, le jeta au sol et le piétina frénétiquement. Hélas, les franges qui ourlaient le rideau avaient guidé les flammes sur l'autre pan, qui s'embrasa comme un fétu de paille. Horrifié, il appela au secours mais personne ne l'entendit. Il tenta désespérément d'éteindre le feu seul ; en bas, la musique couvrit ses appels. Déchaînées, les flammes coururent d'un rideau à l'autre et en quelques instants, le palier du second étage se transforma en un gigantesque brasier.

Avant que les flammes n'atteignent l'escalier, Alain dévala les marches et courut chercher de l'aide à la cuisine. Les employés du traiteur emplirent plusieurs seaux d'eau et montèrent à l'étage pendant qu'une serveuse appelait les pompiers. Dès qu'elle eut raccroché, elle partit avertir les derniers invités.

Angoissée, Marie-Ange se précipita au deuxième étage où elle trouva Alain, occupé à jeter des seaux d'eau sur les flammes crépitantes. Dévoré par le feu, le tissu qui tapissait les murs formait un tunnel rougeoyant jusqu'au troisième étage. Un tunnel qu'elle allait devoir traverser, puisque ses deux enfants dormaient là-haut. Comme elle s'apprêtait à s'y engouffrer, des bras puissants la retinrent fermement. Elle se transformerait en torche vivante si elle s'aventurait là-haut.

— Lâchez-moi ! hurla-t-elle en se débattant de toutes ses forces.

Avant qu'elle puisse se libérer, elle vit Bernard foncer à l'étage ; il avait atteint le palier du troisième quand elle réussit enfin à s'échapper. Elle gravit les marches aussi vite qu'elle le put et le rattrapa rapidement. La porte de la nursery était juste devant eux, une épaisse fumée obscurcissait déjà le palier. A travers l'écran noir, elle vit Bernard s'emparer du bébé, puis se précipiter vers la chambre d'Héloïse. La fillette se réveilla dès qu'elle entendit ses parents et Marie-Ange la prit aussitôt dans ses bras. Le feu rugissait à présent, couvrant les cris des gens restés en bas. Jetant un coup d'œil par-dessus son épaule, Marie-Ange retint son souffle. Des flammes dansaient dans l'escalier ; au troisième, toutes les fenêtres étaient très petites. A moins de traverser le tunnel de feu, ils resteraient bloqués ici. Elle darda sur Bernard un regard affolé.

— Je vais chercher du secours, déclara-t-il. Reste ici avec les enfants. Les pompiers ne vont pas tarder à arriver, Marie-Ange. S'il le faut, monte sur le toit et attends-les !

Sur ce, il posa Robert dans le petit lit d'Héloïse et fila vers l'escalier sous le regard terrifié de Marie-Ange. Il s'immobilisa brièvement devant la porte qui ouvrait sur les toits. A sa grande stupeur, elle le vit retirer la clé de la serrure et la glisser dans sa poche. Au bord de l'hystérie, elle lui cria de lui lancer la clé, mais n'obtint aucune réaction. Arrivé devant l'escalier, il se retourna un instant, puis disparut. Il était parti chercher de l'aide, tenta-t-elle de se persuader, mais en attendant, il l'avait laissée seule avec ses enfants, seule au milieu d'une mer de feu.

Bernard n'avait pas voulu qu'elle prenne le risque de descendre l'escalier avec les enfants. Pourtant, comme les flammes se rapprochaient, elle sut qu'il avait eu tort, et la sirène des pompiers, qu'elle entendit au loin, ne fut qu'une piètre consolation. Les deux enfants pleuraient à présent et le bébé suffoquait, irrité par l'épaisse fumée qui commençait à les envelopper. Elle s'attendait à voir les pompiers arriver d'un instant à l'autre, guidés par Bernard. Le rugissement des flammes étouffait tous les autres bruits. Tout à coup, un craquement assourdissant la fit sursauter. Elle fit volte-face, pétrifiée. Une poutre s'était décrochée du plafond, bloquant l'accès à l'escalier. Et Bernard demeurait toujours invisible… Un sanglot lui échappa et elle serra doucement ses enfants dans ses bras.

Poussée par son instinct de survie, elle les déposa dans le petit lit d'Héloïse pour courir vers la porte du toit. Hélas, celle-ci était fermée, et Bernard avait pris la clé. Soudain, une voix résonna dans sa tête, tandis qu'un visage meurtri apparaissait devant ses yeux. Les paroles de Louise de Beauchamp lui revinrent en mémoire… Ainsi, elle avait dit la vérité. Bernard avait bel et bien tenté d'enfermer son fils dans la chambre d'enfant. Et ce soir, il les avait abandonnés, ses enfants et elle, les privant de la seule issue possible.

— Tout va bien, mes chéris, tout va bien, murmura-t-elle comme une litanie en courant d'un œil-de-bœuf à l'autre.

Jetant un regard en bas, elle le vit soudain dans la cour du château, le visage baigné de larmes, agitant les bras vers le toit. Il était en train de parler aux derniers invités et secouait tristement la tête, visiblement accablé de chagrin. Le sang de Marie-Ange ne fit qu'un tour. Qu'était-il en train de leur raconter ? Qu'il les avait vus mourir sous ses yeux sans avoir rien pu faire, peut-être ? Qu'il n'avait pas réussi à les rejoindre… alors qu'il les avait quittés à dessein, en emportant la clé qui aurait pu leur sauver la vie ?

Refusant de céder à la panique, Marie-Ange entreprit d'ouvrir toutes les fenêtres afin de renouveler l'air vicié. Puis elle courut de pièce en pièce, slalomant entre les braises et les éclats de bois en feu qui s'abattaient sur le parquet. Tout à coup, elle se souvint d'un minuscule cabinet de toilette qu'ils n'utilisaient jamais. C'était la seule pièce du troisième étage qui possédait une fenêtre légèrement plus grande que les autres. Elle se précipita vers la salle de bains et ouvrit la fenêtre d'un coup sec. Puis elle regagna la chambre d'Héloïse, prit ses deux enfants dans ses bras et retourna au cabinet de toilette où elle cria de toutes ses forces, penchée par la fenêtre.

— Par ici, par ici ! Je suis là… les enfants sont avec moi !

Elle continua à crier pour tenter de percer le vacarme qui régnait autour du château. Passant un bras par la fenêtre, elle l'agita frénétiquement. Au début, personne ne la remarqua, puis, soudain, un pompier leva les yeux et l'aperçut. Aussitôt, il courut vers la grande échelle. Au même instant, elle croisa le regard de Bernard et décela sur son visage une expression qu'elle n'avait encore jamais vue ; c'était une expression de jalousie et de haine pures qui leva d'un coup tous ses doutes. C'était lui qui avait mis le feu au château, au deuxième étage probablement, là où il était sûr de ne pas se faire surprendre, tout près de l'escalier qui menait au troisième étage, l'étage des enfants. Il savait que Marie-Ange irait les chercher ; conformément à son plan, le piège s'était refermé sur eux.

Bernard avait eu l'intention de les tuer. Et son plan pouvait encore fonctionner. Les échelles étaient trop courtes, et les pompiers ne pouvaient pas les atteindre. Les yeux levés vers le toit, Bernard éclata en sanglots, exactement comme l'avait décrit Louise à l'enterrement de son fils. Un violent frisson la parcourut. Parviendrait-elle à sauver ses enfants ? Par quel moyen ? S'ils périssaient tous les trois dans les flammes, Bernard hériterait de l'intégralité de sa fortune ; si les enfants en réchappaient, il serait obligé de partager avec eux. Le mobile de son acte était si répugnant qu'elle eut l'impression qu'on lui arrachait le cœur.

Pendant que Bernard pleurait à chaudes larmes dans la cour, Marie-Ange souleva ses enfants le plus près possible de la fenêtre afin qu'ils puissent respirer. La porte de la salle de bains était fermée ; derrière, le grondement du feu s'amplifiait. En bas, trois pompiers déployèrent un filet ; elle voyait leurs bouches s'ouvrir et se fermer sans entendre un mot de ce qu'ils criaient. Les yeux rivés sur leurs lèvres, elle tenta de lire ce qu'ils essayaient de lui dire. Finalement, l'un d'entre eux leva son index. « Un », disait-il. Un à la fois. Elle assit Héloïse par terre, à ses pieds. La fillette s'accrocha à sa robe, secouée de sanglots hystériques. La gorge nouée, Marie-Ange couvrit de baisers la petite figure du bébé avant de le passer par la fenêtre. Elle tendit les bras aussi loin qu'elle put ; dans la cour, les pompiers se préparèrent à réceptionner l'enfant. Forçant son courage, elle lâcha son bébé dans le vide et le regarda tomber, puis rebondir dans le filet comme une balle en caoutchouc. Rapidement, un des pompiers le prit. Marie-Ange retint son souffle. Il bougeait encore, tout allait bien. Il gigotait dans tous les sens, lorsque Bernard se précipita vers lui. Le regard de Marie-Ange se voila. Elle n'éprouvait plus que haine et mépris pour son mari.

Elle prit alors Héloïse dans ses bras ; apeurée, la fillette se débattit en hurlant. Marie-Ange lui murmura de rester tranquille. Comme pour son frère, elle l'embrassa et la jeta par la fenêtre. Semblable à une poupée en chiffon, Héloïse tomba mollement dans le filet. Les pompiers s'emparèrent d'elle et son père accourut pour l'embrasser.

L'instant d'après, tous les regards convergèrent vers Marie-Ange. Il lui avait fallu beaucoup de courage pour lancer ses enfants dans le vide. Il lui en faudrait encore davantage pour sauter à son tour. Le filet lui parut tout à coup très loin et puis, parviendrait-elle à se hisser par l'étroite fenêtre ? Son regard se posa sur Bernard. Si elle ne prenait pas sur elle, il récupérerait ses enfants et Dieu seul savait de quoi il serait capable pour s'emparer de leur part d'héritage. Jamais plus ils ne seraient en sécurité avec lui. Galvanisée par cette pensée, elle grimpa sur le rebord de la fenêtre et resta assise un moment, parfaitement immobile. Une explosion retentit au deuxième étage ; toutes les vitres volèrent en éclats. D'une minute à l'autre, le plancher s'effondrerait, l'emportant avec elle.

— Sautez ! l'encouragèrent les pompiers. Allez-y… sautez !

Mais Marie-Ange était incapable de bouger, comme pétrifiée. Personne ne pouvait l'aider. Ils ne pouvaient que l'encourager à suivre le même chemin que ses enfants. Assise sur le rebord de la fenêtre, agrippée à l'encadrement, elle revit le visage de Louise de Beauchamp et ressentit avec acuité ce que cette pauvre femme avait vécu la nuit où elle avait perdu son fils. Elle savait que Bernard l'avait tué, aussi sûrement que s'il l'avait abattu d'un coup de fusil.

C'était justement pour ses enfants que Marie-Ange devait sauter, pour les protéger de la démence de leur père. Le petit groupe réuni dans la cour la regardait, partagé entre l'angoisse et l'espoir.

Une peur incontrôlable la paralysait.

Bernard lui criait de sauter ; ses enfants étaient dans d'autres bras, à présent. Sachant que personne ne l'observait, il croisa son regard, un sourire triomphant aux lèvres. Sa femme avait trop peur de sauter… tant mieux ! Il se taillerait ainsi la part du lion et une fois qu'il aurait hérité de sa fortune, il serait libre d'agir à sa guise. Avec son ex-femme, son plan avait échoué ; il n'avait réussi qu'à tuer son fils mais, cette fois-ci, il aurait plus de chance.

Marie-Ange soutint son regard, glacée d'effroi. Qui chercherait-il à éliminer, ensuite ? Héloïse ? Robert ? Les deux, peut-être ?

La voix de Louise s'éleva soudain, comme si elle se tenait auprès d'elle. Elle l'entendit parler de son fils, juste avant qu'il ne meure dans ses bras. Louise haussa le ton, sa voix résonna clairement à ses oreilles.

« Sautez, Marie-Ange ! *Maintenant* ! »

Dans un élan de courage, Marie-Ange lâcha le rebord de la fenêtre et se jeta dans le vide. Elle tomba à pic, sa longue robe rouge tourbillonnant autour d'elle comme un parachute. Elle eut le souffle coupé en atteignant le filet tendu par les pompiers. Le premier visage qu'elle aperçut fut celui de Bernard, ravagé par les larmes. Il courait vers elle, bras ouverts. D'instinct, Marie-Ange se recroquevilla sur elle-même. Quelques instants plus tôt, alors qu'elle cherchait la force de se libérer du piège qu'il lui avait tendu, elle avait entrevu sa véritable nature. Tout était devenu clair dans son esprit. Louise avait raison : l'homme qu'elles avaient épousé était un monstre. Un monstre qui avait tué le petit Charles et tenté d'éliminer ses propres enfants ainsi que ses épouses. Sans le quitter du regard, Marie-Ange prit la parole :

— Il a essayé de nous tuer, dit-elle d'une voix étonnamment calme. Il a pris la clé de la porte qui donne sur le toit et nous a abandonnés là-haut, certain que nous ne trouverions aucune issue.

Bernard recula d'un pas, comme si elle l'avait frappé. Mais Marie-Ange poursuivit avec une froide assurance :

— Ce n'est pas la première fois qu'il monte ce genre de machination. Il est déjà responsable d'un incendie qui a coûté la vie au fils de son ex-femme, expliqua-t-elle en soutenant le regard hostile de Bernard. Il aurait aimé qu'elle meure, elle aussi, mais elle s'en est sortie *in extremis*.

Elle se tourna vers lui.

— Tu voulais te débarrasser de nous, lança-t-elle d'une voix blanche.

Sur le point de la gifler, il se ravisa, s'efforçant de garder son sang-froid.

— Elle raconte n'importe quoi. Vous voyez bien qu'elle a perdu la tête. Elle a toujours été très fragile mentalement.

D'un ton faussement posé, il s'adressa au capitaine des pompiers qui se tenait à côté de lui.

— Elle est encore sous le choc d'avoir vu ses enfants en danger de mort.

— C'est toi qui as provoqué l'incendie, Bernard, insista Marie-Ange. Tu nous as abandonnés là-haut, en emportant la clé de la seule issue. Tu voulais nous éliminer afin de toucher l'intégralité de mon héritage. Tu aurais mérité de mourir dans cet incendie… peut-être est-ce ce qui t'arrivera la prochaine fois, conclut-elle, gagnée par une colère froide.

Le commissaire de police s'avança discrètement vers Bernard. Après un bref entretien avec un pompier, il avait décidé d'interroger le comte de Beauchamp. Offusqué, ce dernier refusa de le suivre.

— Ne l'écoutez pas, c'est une folle ! protesta-t-il en dardant sur Marie-Ange un regard meurtrier. Elle ne sait pas ce qu'elle dit !

— Et Louise ? Elle est folle, elle aussi ? Et le pauvre petit Charles ? Il avait quatre ans quand tu l'as tué !

A bout de nerfs, Marie-Ange éclata en sanglots. Elle grelottait dans la nuit glacée et un des pompiers l'enveloppa dans une couverture. Ils avaient presque maîtrisé l'incendie, mais le feu avait complètement ravagé l'intérieur du château.

Le commissaire s'adressa à Bernard d'un ton sans réplique.

— Si vous refusez de nous suivre de votre plein gré, monsieur, nous serons obligés de vous passer les menottes.

— Je me plaindrai à votre hiérarchie ! C'est une insulte à ma dignité ! s'offusqua Bernard en leur emboîtant toutefois le pas.

Leurs invités étaient partis depuis longtemps et Marie-Ange resta avec Alain, les hommes de la ferme venus prêter main-forte, ses enfants et les pompiers.

Ces derniers avaient donné de l'oxygène à Robert qui avait recouvré son calme. Quant à Héloïse, elle dormait à poings fermés dans les bras d'un pompier, comme s'il ne s'était rien passé. Alain proposa de les héberger pour la nuit. Le regard perdu sur le château dévasté par les flammes, Marie-Ange prit conscience qu'il lui faudrait une fois encore repartir de zéro. Mais elle était en vie et ses enfants étaient auprès d'elle. C'était tout ce qui comptait désormais.

Elle resta un long moment à observer les pompiers occupés à éteindre les dernières braises. Puis elle alla se coucher avec ses enfants. Le lendemain matin, deux policiers demandèrent à lui parler. La mère d'Alain était arrivée un peu plus tôt pour s'occuper des enfants.

— Suivez-nous, madame la comtesse, s'il vous plaît, fit l'un d'eux à voix basse.

Elle sortit avec eux. Après l'avoir longuement interrogée, ils l'informèrent que les pompiers avaient retrouvé des traces d'essence sur le palier du deuxième étage ainsi que sur les marches conduisant aux chambres des enfants. Une enquête était ouverte, de lourdes présomptions pesaient déjà sur Bernard. Elle leur parla de Louise de Beauchamp. Ils discutèrent encore un moment avant de prendre congé.

Ce soir-là, Marie-Ange prit une chambre à l'hôtel. On installa deux petits lits pour ses enfants. Mme Fournier insista pour venir s'occuper d'eux dans la journée. Une semaine durant, elle répondit aux interrogatoires de la police et des pompiers. Lorsqu'on put de nouveau entrer dans le château, Marie-Ange s'y rendit pour examiner les lieux. Un spectacle de désolation l'attendait. A l'intérieur, peu de choses avaient résisté à l'attaque des flammes. Il restait l'argenterie, quelques statues, des outils. L'expert de la compagnie d'assurances était déjà passé. Elle ignorait encore s'ils allaient la dédommager ; apparemment, les choses étaient plus compliquées en cas d'incendie d'origine criminelle.

Elle laissa passer plusieurs jours avant d'appeler Louise de Beauchamp. Il lui fallut tout ce temps pour commencer à émerger de l'état de choc dans lequel elle avait sombré, juste après l'incendie. En l'espace de quelques heures, elle avait non seulement perdu son château, mais tous ses espoirs et ses beaux rêves, son mari et la confiance qu'elle lui portait. Quant à ses enfants, ils avaient failli mourir.

Bernard avait été placé en détention à la maison d'arrêt voisine. Marie-Ange n'était pas allée le voir. Pourtant, elle aurait aimé lui demander pourquoi il avait agi ainsi… Comment pouvait-il la haïr à ce point ? Comment peut-on vouloir tuer ses propres enfants ?

Jamais elle ne comprendrait son geste, d'autant que son mobile était limpide : c'était la cupidité qui l'avait poussé à de telles extrémités.

Quand Marie-Ange téléphona à Louise, elle se confondit en remerciements. Si Louise ne l'avait pas mise en garde, elle aurait été assez naïve pour attendre le retour de Bernard, parti soi-disant chercher des secours. Ils auraient alors tous les trois péri dans les flammes...

Un frisson glacé la parcourut. Jamais elle n'oublierait l'expression de haine farouche qu'elle avait lue sur le visage de Bernard, quand elle attendait sur le rebord de la fenêtre, tétanisée par la peur.

— J'ai entendu votre voix qui m'incitait à sauter, raconta-t-elle tristement à Louise. J'ai failli rester coincée là-haut tant je redoutais de sauter dans le vide. En même temps, je pensais à ce qu'il adviendrait de mes enfants si je les laissais seuls avec Bernard... et tout à coup, je vous ai entendue, distinctement. « Sautez », m'avez-vous ordonné... je vous ai obéi.

— Je suis heureuse d'avoir pu vous aider, fit Louise. Je témoignerai avec plaisir, quand la police me contactera... Tout ira bien, ne vous inquiétez pas, ajouta-t-elle d'un ton rassurant.

Elle marqua une pause avant de reprendre à mi-voix :

— Dire que l'avidité de ce monstre a tué mon petit Charles... C'est affreux de mourir pour l'argent.

— C'est abominable, murmura Marie-Ange, en proie à une vive émotion.

Elles parlèrent encore un long moment, s'efforçant de se réconforter mutuellement. Louise lui avait sauvé la vie, au même titre que les pompiers et leur filet, lui intimant l'ordre de sauter, ce qu'elle avait osé faire, puisant tout au fond d'elle le courage qui lui manquait. En quelque sorte, le saut de l'amour maternel.

Ils passèrent Noël à l'hôtel et, le lendemain, Marie-Ange se rendit à Paris avec ses enfants. Elle avait déjà pris la décision de vendre l'hôtel particulier de la rue de Varenne, avec ses meubles.

A contrecœur, elle s'installa dans l'appartement de Bernard ; toutes ses affaires s'y trouvaient encore. Il avait essayé de la joindre quand elle était à l'hôtel, mais elle avait refusé de prendre son appel. Elle ne voulait plus jamais le revoir, sauf peut-être au palais de justice. Elle espérait qu'il purgerait une longue peine pour ce qu'il avait fait à Charles et ce qu'il avait tenté de faire à ses enfants. Comment avait-elle pu aimer cet homme aussi passionnément ? Cette question la torturait constamment.

Le soir du réveillon du Jour de l'An, elle se décida enfin à appeler Billy. Seule avec ses enfants, elle avait longuement songé à la vie de rêve qu'elle avait cru mener, toutes ces valeurs et ces idéaux, ces rêves détruits à jamais, cette intégrité qui n'avait jamais existé. A l'instar de Louise, elle n'avait été qu'une proie facile aux yeux avides de Bernard. Il n'aurait pas hésité à la saigner à blanc si ses banquiers ne l'avaient pas mise en garde à temps. Heureusement, la vente de l'hôtel particulier viendrait compenser une partie des dépenses qu'elle avait engagées pour lui.

— Que fais-tu à la maison ce soir ? demanda Billy en entendant sa voix. Tu n'es pas sortie faire la fête ? Il doit être près de minuit à Paris, non ?

— Minuit passé, confirma Marie-Ange.

Il était un peu plus de 17 heures dans l'Iowa ; Billy avait prévu de passer une soirée tranquille, en famille avec sa fiancée.

— J'aurais cru qu'une comtesse célébrerait le nouvel an dans des soirées fastueuses, reprit-il d'un ton taquin.

Mais Marie-Ange ne réussit pas à sourire. Cela faisait presque deux semaines qu'elle n'y était pas parvenue. D'une voix blanche, elle lui raconta ce qui s'était passé : l'incendie, la tentative de meurtre de Bernard. Elle lui parla aussi de Louise et de Charles, de l'argent que Bernard lui avait extorqué. Mais surtout, elle lui confia les sentiments qu'elle avait éprouvés au moment de jeter ses enfants par la fenêtre de la salle de bains. Alors qu'elle parlait sans pouvoir s'arrêter, elle entendit qu'il pleurait à l'autre bout du fil.

— Mon Dieu, Marie-Ange, j'espère qu'il croupira en prison pour le restant de ses jours.

Sans même le connaître, Billy s'était toujours méfié de lui. Tout était allé trop vite, à son goût. Beaucoup trop vite. Mais Marie-Ange avait l'air si heureuse quand elle l'appelait pour lui donner des nouvelles !

Du jour au lendemain, ses illusions de bonheur avaient volé en éclats. Elle comprenait à présent à quel fin manipulateur elle avait eu affaire. Les enfants qu'il avait tant désirés n'étaient probablement qu'un moyen pour l'enchaîner définitivement à lui. Dieu merci, elle avait préféré attendre un peu avant d'en faire un troisième !

— Que comptes-tu faire, maintenant ? demanda Billy sans cacher son inquiétude.

— Je ne sais pas. La première audience a lieu dans un mois ; Louise et moi y sommes convoquées ensemble. Je vais rester à Paris le temps de mettre un peu d'ordre dans mes idées. Les dégâts sont énormes, au château. Je devrais peut-être essayer de le vendre, conclut-elle tristement.

— Tu pourrais aussi essayer de le restaurer, fit Billy d'un ton qu'il voulut encourageant.

Il était encore sous le choc des révélations qu'elle venait de lui faire. Si seulement elle avait été près de lui, il l'aurait prise dans ses bras et serrée fort... En le voyant pleurer au téléphone, sa mère avait chassé tout le monde de la cuisine, y compris sa fiancée.

— Je ne suis pas sûre d'en avoir vraiment envie, répondit Marie-Ange avec sincérité, étonnée de parler ainsi du château qu'elle avait tant aimé. Tant de choses terribles s'y sont déroulées.

— Il y a eu de belles choses, aussi. Accorde-toi le temps de la réflexion. Pourquoi ne viens-tu pas nous rendre visite, histoire de te changer un peu les idées ?

— Pourquoi pas ? En revanche, je ne pourrai pas venir à ton mariage, Billy. Les avocats ont besoin de moi pendant le procès. La date sera fixée ultérieurement, mais ce sera aux alentours du mois de juin. J'en saurai davantage bientôt.

— Moi aussi, murmura Billy en esquissant un petit sourire.

Marie-Ange fronça les sourcils.

— Que veux-tu dire ?

— Debbi et moi avons décidé de reporter notre mariage à l'an prochain. En fait, nous nous posons des tas de questions en ce moment. On s'apprécie beaucoup, tous les deux, mais l'idée de passer le restant de notre vie ensemble nous effraie un peu. Ma mère nous conseille de réfléchir encore. Et puis, Debbi veut vivre à Chicago. Elle a besoin d'animation.

— Tu devrais l'emmener à Paris, le taquina Marie-Ange.

Elle espérait que les choses s'arrangeraient entre eux. Billy méritait d'être heureux. Elle avait eu sa part de bonheur, même si tout était réduit en cendres à présent. Tout ce qu'elle souhaitait désormais, c'était retrouver un peu de sérénité auprès de ses enfants. Comment pourrait-elle faire de nouveau confiance à un homme après sa mésaventure avec Bernard ?

Avec Billy, les choses étaient différentes. Elle l'aimait comme un frère, jamais il ne la décevrait. A présent, c'était d'un ami qu'elle avait besoin. Une idée germa soudain dans sa tête.

— Pourquoi ne viendrais-tu pas à Paris ? J'ai de la place pour t'accueillir à la maison. Ça me ferait tellement plaisir de te voir ! conclut-elle d'un ton empli de nostalgie.

— J'adorerais faire la connaissance de tes enfants !

— Comment se porte ton français, ces temps-ci ?

— Pas très bien, je manque cruellement de pratique.

— Je devrais t'appeler plus souvent.

Elle n'osa pas lui proposer de payer son billet d'avion de peur de l'offenser. Mais elle était prête à tout pour le voir, le plus vite possible !

— C'est plutôt tranquille à la ferme, en ce moment. Je vais en parler à mon père. Il pourra sans doute se passer de moi une ou deux semaines. Ecoute, je te rappelle dès que j'en sais davantage.

— Merci d'être là pour moi, murmura Marie-Ange en esquissant le sourire qu'il avait gardé dans sa mémoire comme un précieux souvenir.

— Les amis sont là pour ça, Marie-Ange. Je serai toujours présent pour toi, j'espère que tu le sais. Si seulement tu m'avais fait part de tes préoccupations... C'est bizarre, je sentais parfois que quelque chose ne tournait pas rond, mais tu réussissais toujours à me faire croire que tu nageais en plein bonheur.

— C'était ce que je croyais la plupart du temps, en tout cas. Mes enfants sont adorables, tu verras. La seule chose qui me chagrinait, c'était son comportement avec l'argent.

— Tout ira bien, à présent. L'essentiel, c'est que vous soyez en pleine forme, les enfants et toi.

— Je sais. Puis-je t'avancer l'argent du billet d'avion ? risqua-t-elle finalement, brûlant d'envie de le revoir.

Il y eut un silence.

— Si j'accepte ta proposition, comment sauras-tu faire la différence entre ton mari et moi ? répliqua-t-il enfin avec gravité.

Marie-Ange ne put s'empêcher de rire.

— C'est facile : sers-toi de l'argent pour acheter un puits de pétrole et je te mettrai automatiquement dans le même panier !

— Ça, c'est une idée ! s'exclama-t-il en riant à son tour, persuadé qu'elle plaisantait. Bon, j'organise mon départ et je te rappelle.

— J'attends ton coup de fil, murmura Marie-Ange en souriant. Au fait... bonne année.

— Bonne année à toi aussi... Rends-moi un service, veux-tu ?

— Lequel ?

— Essaie de ne pas faire de bêtises jusqu'à mon arrivée.

— Dois-je comprendre que tu viens pour de bon ?

— C'est à voir. En attendant, veille bien sur toi et les enfants. Et si jamais ils le laissent sortir de prison, promets-moi de sauter dans le premier avion, d'accord ?

— Il n'y a aucun risque, ne t'inquiète pas.

Après avoir raccroché, Marie-Ange alla se coucher. Héloïse dormait dans la même chambre qu'elle, tandis que Robert occupait la pièce d'à côté.

Elle pensa à Billy et un sourire rêveur naquit sur ses lèvres.

Au même instant, Billy était en pleine discussion avec son père. Décontenancé par la demande de son fils, Tom Parker avait néanmoins consenti à lui avancer le prix du billet d'avion. Billy promit de le rembourser bientôt. Il avait commencé à économiser pour sa lune de miel et disposait déjà de quatre cents dollars.

Lorsqu'il regagna le salon, ses sœurs lui trouvèrent un drôle d'air. L'une d'entre elles lui adressa la parole mais n'obtint aucune réaction.

— Que se passe-t-il, Billy ? s'enquit sa sœur aînée en tendant son bébé à son mari.

Devant leur mine inquiète, il leur raconta ce qui était arrivé à Marie-Ange. Des cris horrifiés se mêlèrent aux murmures réprobateurs. Debbi, sa fiancée, écouta son récit avec attention mais s'abstint de tout commentaire.

— Je vais à Paris, conclut-il enfin. Elle vient de traverser une terrible épreuve et c'est le moins que je puisse faire, au nom du bon vieux temps.

— Je pars m'installer à Chicago, déclara soudain Debbi.

Un silence interdit s'abattit sur la pièce tandis que tous les regards convergeaient vers elle.

— Quand as-tu décidé ça ? demanda Billy, pris au dépourvu.

— Ça fait déjà une semaine que j'essaie de t'en parler. J'ai trouvé du travail là-bas. Je déménage.

— Et ensuite ? reprit Billy, partagé entre des sentiments mitigés.

Devait-il se sentir attristé ou soulagé ? Une grande confusion régnait dans son esprit. A bien y réfléchir, cela faisait déjà un bon moment qu'il doutait de la solidité de leur relation.

Toute la famille était suspendue aux lèvres de Debbi.

— Je ne sais pas, répondit-elle franchement. Je crois que nous devrions annuler le mariage, ajouta-t-elle dans un souffle. Je n'ai pas envie de passer ma vie à la campagne. Je ne suis pas faite pour ça.

— C'est ma vie, pourtant. C'est ce que je suis.

— Tu pourrais facilement faire autre chose si tu le désirais, fit-elle observer avec un soupçon de reproche dans la voix.

— Allons parler dehors, veux-tu ?

Il lui tendit son manteau et ils sortirent sur le seuil. Dès que la porte se fut refermée, les conversations allèrent bon train au salon. L'histoire de Marie-Ange leur paraissait tellement inconcevable ! La mère de Billy se faisait beaucoup de souci pour elle.

— Tu crois qu'ils finiront par se marier, tous les deux ? demanda la sœur aînée en faisant allusion à Billy et Debbi.

— Dieu seul le sait, répondit leur mère en haussant les épaules. Qui peut prétendre connaître les aspirations des autres ? Ceux qui s'aiment ne se marient pas, allez savoir pourquoi. Et ceux que tout oppose s'obstinent à vouloir vivre ensemble. On dirait que les gens prennent un malin plaisir à gâcher les chances que leur offre la vie. La plupart d'entre eux, en tout cas. Heureusement, certains vivent vraiment heureux ensemble, comme papa et moi, conclut-elle en gratifiant son époux d'un sourire radieux.

Après le départ de Debbi, Billy se rendit dans sa chambre sans mot dire.

Plongé dans ses pensées, il referma doucement la porte derrière lui.

12

Quand l'avion en provenance de Chicago atterrit à l'aéroport Charles-de-Gaulle, Marie-Ange attendait déjà dans le hall des arrivées. Elle portait Robert dans ses bras, tandis qu'Héloïse était sagement assise dans sa poussette. Elle les avait emmitouflés dans de jolis petits manteaux rouges qui lui rappelaient ceux qu'elle portait enfant. Elle-même avait revêtu un pantalon en toile, un gros pull et une veste en laine. Elle tenait à la main une rose pour Billy.

Elle l'aperçut tout de suite ; il ressemblait tant au garçon qui prenait le bus avec elle pour aller à l'école ! Sauf qu'il ne portait pas de salopette mais un jean, une chemise blanche, une veste matelassée et des mocassins neufs, cadeau de sa mère. Il s'approcha d'elle à grandes enjambées, comme lorsqu'elle l'attendait sur son vélo dans les endroits secrets où ils aimaient se retrouver pendant les vacances d'été.

Un sourire illumina son visage dès qu'il posa les yeux sur elle.

Trop émue pour articuler le moindre son, elle lui tendit la rose. Il prit la fleur, puis la dévisagea longuement avant de l'attirer dans ses bras. Doux comme la soie, les cheveux de Marie-Ange lui caressèrent la joue. C'était comme un retour à la maison après une longue absence. Malgré deux années de séparation, leur amitié était toujours là, indéfectible, plus forte que jamais. Un sentiment de plénitude les submergea. C'était leur destin d'être ensemble, de se perdre pour mieux se retrouver. Sans le savoir, ils éprouvèrent à cet instant la même sensation que Françoise lorsqu'elle avait revu John Hawkins à Paris, après leur séparation forcée. Billy s'écarta légèrement pour admirer les enfants de Marie-Ange. Ils étaient tous les deux très beaux... comme leur mère, fit-il observer d'une voix vibrante d'émotion.

Comme ils se dirigeaient vers le tapis à bagages, Marie-Ange lui raconta le déroulement de la première audience. Bernard était accusé de trois tentatives de meurtre et l'enquête concernant le décès de Charles, le fils de Louise, venait d'être rouverte. Selon le procureur de la République, il était fort probable que Bernard doive également répondre du meurtre de ce dernier, étant donné les récentes preuves réunies contre lui.

— Ce type mériterait la peine de mort, asséna Billy avec une véhémence qui ne lui ressemblait guère.

Il haïssait Bernard de Beauchamp pour le cauchemar qu'il avait fait vivre à Marie-Ange. Il avait eu tout le loisir de ressasser les événements pendant le voyage et y avait déjà longuement songé avant son départ, lorsque Debbi avait déménagé à Chicago. D'un commun accord, ils avaient rompu leurs fiançailles, mais il n'avait pas encore annoncé la nouvelle à Marie-Ange. Il ne voulait surtout pas lui faire peur.

Billy était en France pour deux semaines et Marie-Ange lui avait concocté un programme de choc : elle l'emmènerait visiter tous les monuments de Paris ; ensemble, ils monteraient au sommet de la tour Eiffel, ils iraient au Louvre, flâneraient dans le Bois de Boulogne et au jardin des Tuileries. Il y avait tant de choses qu'elle désirait partager avec lui ! Ensuite, elle l'emmènerait à Marmouton, juste pour lui montrer le château dont elle lui avait si souvent parlé. Ils prendraient une chambre à l'hôtel du village et regagneraient Paris le lendemain. Elle voulait se promener dans les champs et les prairies avec lui, lui montrer les vergers et surtout lui demander son avis : devait-elle ou non envisager de restaurer le château ? Si elle se lançait dans une telle entreprise, elle ferait en sorte qu'il retrouve le charme simple qu'elle lui avait connu jadis, sans les fioritures inutiles et le luxe tapageur qu'affectionnait Bernard.

Dans ces conditions, elle pourrait peut-être en faire un endroit agréable pour élever ses enfants. Elle n'avait encore rien décidé.

Lorsque Billy récupéra son sac de voyage sur le tapis roulant, elle le considéra avec attention et vit qu'il avait changé. Il paraissait plus mûr, plus sûr de lui. C'était un homme, désormais. Elle aussi avait changé. Les épreuves qu'elle avait surmontées l'avaient endurcie ; elle avait connu le meilleur et le pire avec Bernard, mais c'était fini, la page était tournée. A présent, il lui fallait songer à ses enfants.

Et aujourd'hui, Billy était à ses côtés et c'était comme s'ils ne s'étaient jamais quittés. Leurs regards s'unirent. Un sourire aux lèvres, il prit le bébé dans ses bras, tandis qu'elle poussait Héloïse.

— On a l'impression de rentrer à la maison, tu ne trouves pas ? lança-t-il d'un ton enjoué.

Elle se tourna vers lui et lui rendit son sourire. Une ombre voila soudain son regard.

— Que se passe-t-il ? demanda-t-elle, percevant son trouble.

— Je me disais simplement que je suis bougrement heureux que tu aies sauté par la fenêtre de cette salle de bains. J'aurais été obligé de le tuer de mes mains si tu n'avais pas osé le grand saut.

— Moi aussi, figure-toi, je suis drôlement heureuse d'avoir sauté, murmura-t-elle en retrouvant son sourire.

Ils s'éloignèrent du tapis, reflétant, sans le savoir, l'image d'une famille unie et heureuse. Marie-Ange se réjouissait de passer deux semaines entières avec lui. Ils retrouveraient enfin leur tendre complicité, leurs discussions animées. Ils avaient tant de choses à se dire, tant de secrets et de rêves à partager, tant d'émotions à échanger. Ils avaient aussi Paris à découvrir ensemble.

C'était comme si une porte venait de se refermer sur eux, tandis qu'une autre s'ouvrait, les invitant à pénétrer dans un monde tout neuf.

Vous avez aimé ce livre ?
Vous souhaitez en savoir plus sur Danielle STEEL ?
Devenez, gratuitement et sans engagement, membre du **CLUB DES AMIS DE DANIELLE STEEL** et recevez une photo en couleurs dédicacée.

Il vous suffit de renvoyer ce bon accompagné d'une enveloppe timbrée à vos nom et adresse, au *CLUB DES AMIS DE DANIELLE STEEL — 12, avenue d'Italie — 75627 PARIS CEDEX 13.*

CLUB DES AMIS DE DANIELLE STEEL
12, avenue d'Italie — 75627 Paris cedex 13
Monsieur — Madame — Mademoiselle
NOM :
PRENOM :
ADRESSE :
CODE POSTAL :
VILLE :
Pays :
Age :
Profession :

La liste de tous les romans de Danielle Steel publiés aux Presses de la Cité se trouve au début de cet ouvrage. Si un ou plusieurs titres vous manquent, commandez-les à votre libraire. Au cas où celui-ci ne pourrait obtenir le ou les livres que vous désirez, écrivez-nous pour le ou les acquérir par l'intermédiaire du Club.